スーツケースの半分は

近藤史恵

JN244268

祥伝社文庫

目次

第一話　ウサギ、旅に出る

電車のドアが開いた。

すでに人が壁のように立ちふさがっている。そこに身体をねじ込んで、無理矢理のように乗る。後ろからまだ何人も乗ってくる。

毎朝、繰り返される苦行だ。これさえなければ、今の五千倍は気分よく、一日をスタートさせられるだろう。

経験を重ねて知っている。いちばん混んでいるのはドアのそばで、強引にでも中に進めば少しは空間がある。

押されているところを、もっと押されているふりをして、シートの方に身体を近づけていく。ふいに、目の前から人の背中が消えて、呼吸が楽になった。

山口真美《やまぐちまみ》の身長は百五十二センチだから、満員電車で人の背中以外が見えることなどない。だいたいは人に埋もれている。

理由はすぐにわかった。足下にスーツケースがあったのだ。

スーツケースの持ち主は、シートに座りながらこくりこくりと船を漕《こ》いでいる。二十代後半か三十代くらいの女性だ。

最初は、真美も腹が立った。ただでさえ満員の電車にスーツケースを持って乗り込むなんて、非常識だ。しかも座っている。この電車の乗客の九割が、これから働きに行くのに、遊びに行く人が座っている。理不尽だ。

まあ、よく考えれば、遊びに行く人が乗ってはいけないという決まりもないし、スーツケースだって持って入ってはいけないということはない。ただ、それでもイライラする。まわりの乗客も、冷ややかな目で居眠りする彼女を睨《にら》んでいる。

とはいえ、目の前に他人の背中がないというのは、少しだけ息苦しさが減る。もう少し空《す》いていれば、バッグからスマホを出してメールを打ったりすることもできるのだろうが、まだ厳しい。

退屈しのぎに前に座っている女性を観察する。

長めの髪はシュシュでひとつにまとめているだけで、化粧もファンデーションと口紅だけ。髪はきれいにカラーリングされているし、ネイルもプロにやってもらったように華やかだから、普段からこんなに地味なわけではないだろう。旅行のため、いつもより早起きをしたからかもしれない。

スーツケースはメタリックなブルーシルバー。大きさからいうと、海外旅行だ。行き先はどちらだろう。

——いいなあ……。

真美は海外旅行に行ったことがない。パスポートさえ持っていない。行きたくないわけではなく、ずっと行きたいと思っているのだ。

でも、英語はできないし、海外のことはなにひとつわからない。販売という仕事柄、カレンダー通りに休みは取れず、友達と予定も合わせられない。こんな状況では、いつ、はじめての海外旅行に出られるかわからない。

——新婚旅行でニューヨーク行きたかったな。

ブロードウェイでミュージカルを観たい。新婚旅行の計画を立てたとき、そう真美は主張した。夫の武文《たけふみ》だって、すぐに同意してくれた。

だが、結局ふたりが同時に休みを取れるのは、五日が限界だった。五日でも行けないわけではなかったけど、武文がいやがったのだ。

「向こうで自由に過ごせるのは、正味二日じゃないか。せっかく行くのにもったいない。どうせなら、もっと長い休みが取れたときにしようよ」

「長い休みっていつ？」

「年末や、ゴールデンウィークだったら、長いときは九日くらい取れるじゃないか」

それは武文だけの話だ。真美はデパートで働いているから、ゴールデンウィークも年末年始もかき入れ時で休めない。

そう思いながらも、受け入れてしまったのは、五日では慌ただしいと真美も思ったからだ。それに今の仕事は立ちっぱなしで、腰もつらい。遅番のときは、家に帰るのが九時を過ぎるから、できれば転職したいと思っている。

新婚旅行は、結局竹富島《たけとみじま》に行った。

古民家のような開放感のあるコテージに滞在して、泳いだり、牛車に乗ったりした。楽しい時間だったし、のんびりもできて、疲れも取れた。海外旅行だったら、こうはいかなかっただろう。

でも、次にいつ、長い旅行に行けるかはわからない。子供でもできてしまえば、もうそこから何年も行けなくなる。

新婚旅行に行ってからもう三年経つし、有休だってずいぶん溜《た》まっている。そろそろまとまった休みを申請しても、非常識ではない時期だ。

そう考えると、急に晴れやかな気分になる。

旅に出よう。目の前の彼女のようにスーツケースを持って。

気がつけば、降りる駅は目前だった。いつもなら、しかめっ面をしたまま、ただ堪《た》え忍ぶ通勤時間なのに、考え事をしていたせいで、早く過ぎてしまった。

スーツケースの女性は、まだ先まで行くようだった。真美はもう一度彼女の顔を見てから、降りるドアに向かって移動を開始した。

もちろん、行きたいと思ったからといってすぐに飛び立てるほど、身軽な人生は送っていない。

まず、夕食のとき、武文に切り出した。

「ねえ、前から言ってたけど、やっぱりニューヨークに行きたいな。九月の連休のとき、有休取って一緒に行こうよ」

「ええ?」

餃子《ギョーザ》をほおばりながら、武文はあからさまに面倒くさそうな顔をした。せっかく彼が大好きな餃子を、地下の食品売り場で調達してきたのに、黄色信号だ。

「連休って……」

「ほら、ここの土曜日から、火曜日まで休みになるでしょ。そこに有休を二日くらい足したら行けるんじゃない?」

そうすると、六日間休みが取れる。六日あれば、三日間はまるまる向こうで過ごせる。

武文は眉間《みけん》に皺《しわ》を寄せて、卓上カレンダーを見た。

「やっぱり慌ただしいんだよな。どうせなら、十日ぐらいゆっくりさ」

「十日も休み取れないよ」

彼は、真美のように海外旅行未経験者ではない。大学のとき、一ヶ月くらいかけて、友達と貧乏旅行で、東南アジアを回ったと言っていた。

「だって、飛行機代だって十万以上かかるだろう。たった六日で帰ってくるなんてもったいないよ」

「でも、それじゃいつまでたっても行けないじゃない」

「うーん、もうちょっと有休がまとめて取れればいいんだけどなあ」

真美は椅子ごと、にじり寄った。

「ねえ、六日間で物足りなかったら、また行けばいいじゃない」

「やだよ。同じところに何度も行くなんてつまらない。それならまだ行ってないところに行きたいし」

ふいに、武文が膝を叩《たた》いた。

「そうだ。いいことを思いついた！」

「なになに？」

身を乗り出した真美に、武文は言った。

「定年になってから行けばいいんじゃないか。それまでに、目標決めて貯金して、世界一周とか、クルーズとか」

真美は、ぽかんと口を開けて彼の顔を見た。

冗談かと思った。だが、彼は誇らしげだ。

「な、いい考えだろ。ニューヨークで、部屋借りて一ヶ月くらい滞在とかもできるかもしれないよ」

「それって、いい考えなの……？」

「たった三十年だろ。すぐだよ。すぐ」

なぜか、どうしようもなく泣きたくなった。

そんな先まで生きているのかどうかわからないし、そんな先に、お金があるのかどうかもわからない。もしかしたら、どちらかが病気になって旅行どころではないかもしれない。

今朝からいろいろ考えた計画は、晴れやかな気持ちと一緒にしぼんでしまった。

真美は、餃子の皿を自分の方に引き寄せて、黙々と食べはじめた。

だいたい、三十目前の二十九歳になるまで、海外旅行を経験していないこと自体が、旅行に向いていないということの証明みたいなものかもしれない。

英語は、売り場に外国の人がきたとき、簡単に応対できる程度しか喋れないし、なにより、日本にいてさえ知らない場所に行くのは苦手だ。地図を持っていても、しょっちゅう迷う。

ニューヨークに行ったって、スリに遭ったり、道に迷ったり、トラブルばかりでくたびれて、思ったほど楽しめないかもしれない。

英語だってそんなにわからないのに、本場のミュージカルなんて図々しい。背伸びをするより、自分の身の丈に合ったものを楽しめばいいのだ。

そう自分に言い聞かせて、自分を納得させる。いつも同じだ。やらない理由なんて、いくらでも見つかる。

車の免許を取りたいと思ってはいるけど、東京では車は必需品ではない。維持費や駐車場代も大変だと思って、結局教習所には行っていない。大人のためのバレエ教室に通ってみたいという気持ちも、忙しさやレオタードを着る恥ずかしさに紛れてしまっている。

ニューヨークへの旅も、それと同じだ。やらないことはやることよりも、ずっとずっと簡単だ。

衝動ははやり風邪みたいなものだから、やり過ごしてしまえば、そのうちどうでもよくなってしまうのだ。

ひさしぶりに土曜日に休みがもらえることになった。

普段は休みが合わないから、たまにカレンダー通りに休めたときは、武文と出かけることにしている。なのに、あえて、大学時代の友達に連絡を取ってしまったのは、やはりこの前の会話にまだ腹を立てているからかもしれない。

舘原《たちはら》ゆり香《か》にメールをすると、ちょうど大学時代の友達と会うという。中野花恵《なかのはなえ》がフリーマーケットで店を出して不用品を売るというから、一緒に店番をするらしい。

「休みだったら、真美もきなよ。店番と言っても、公園で昼間っからビールを飲むだけだから」

「ほかに誰かくるの？」

「あとは、澤《さわ》ちゃんかな」

澤悠子《ゆうこ》のこともよく知っている。ひさしぶりとはいえ、気を遣わない三人だから飛び入り参加してもかまわないだろう。

そういえば、この三人は海外旅行が好きで、ひとりでしょっちゅう出かけている。相談にのってもらってもいいかもしれない。

どんな答えが返ってくるのかはすぐ想像できるけれど。

——ひとりで行けばいいのに。

無理、と心の中で答える。

だいたい、国内ですらひとり旅などしたことがないのだ。海外ひとり旅なんてハードル高すぎる。

約束の土曜日は雲ひとつない晴天だった。

曇天よりは気分がいいけれど、五月の終わりともなれば日差しが強い。さすがにこの年齢になると無防備に日焼けをするわけにはいかない。

日焼け止めをたっぷり塗り、帽子と長袖で防御して出かけることにした。

支度をしていると、起きてきた武文が驚いた顔になる。

「あれ？　今日仕事じゃないの？」

「今日は休み。大学時代の友達と会うの。夜には帰るから」

「ふうん……」

なにか言いたげだったけれど、あえて無視をする。

公園に行ってみると、家族連れや若い女の子たちが、それぞれのスペースに古着や不用品を並べていた。

ぶらぶらと歩きながら、花恵のスペースを探す。

「あ、真美、こっちこっち」

そう言って手を振っているのは、ゆり香だった。隣には花恵もいる。

「ひさしぶり！」

駆け寄って、ビニールシートの上に座らせてもらう。二ヶ月ぶりだが、SNSなどではしょっちゅうやりとりしているから、それほどご無沙汰な感じはしない。

「澤ちゃんは？」

「あの子は午後からのんびりくるんじゃない？　毎日夜が遅いらしいから」

澤悠子は雑誌のライターをやっている。仕事柄、不規則な生活をしているという話はよく聞いている。

彼女らと会うのは、たいてい平日の夜なのだが、いつも遅れて店にやってくる。

花恵がビニールシートの上に広げているのは、服やバッグなどだ。ハイブランドの高級品ではないが、そう使い込んでいないし、まだ真新しいように見える。

デニムでできた小ぶりなハンドバッグは洒落《しゃれ》ていて、真美の好みだった。

「えー、これ売っちゃうの？　可愛いのに」

「ため込んでも仕方ないから、飽きたら売っちゃうの。欲しいなら、千五百円ね」

花恵はそう言って、手を出す。

「友達割引はないの？」

「ただでさえ、値引きしてるんだから。これ以上は駄目」

まあ、一見すると五千円以上には見える品だし、まだきれいだ。千五百円ならたしかに安い。

「ちょっと考えさせて」

「お客さんきたら、売っちゃうわよ」

ビールが大好きなゆり香は、すでに二本目を開けている。まあ、どんなに飲んでも酔ったところを見たことがないほど強いのだが。

真美はゆり香ほど強くはないから、この時間から飲みはじめる気にはならない。暑いから夕方あたりに飲んだら、さぞおいしいだろうと思う。

素人ばかりのフリーマーケットだが、客は思ったより多い。宝探し感覚もあるのだろうか、若い女の子が山積みの服の中から、気に入った物を探している。

花恵は熱心に、お客と話をしたり、売り込んだりしているから、真美はゆり香にこの前のことを話した。

「定年後？　定年後って言ったの？」

ゆり香は身体を折り曲げるくらいに笑った。

「本当に？　冗談じゃなくて？」

「冗談じゃないってば。本当に唖然《あぜん》としたわよ」

武文に悪気がないことはわかる。もともと鈍感なタイプだし、言いたいことは、繰り返して言わないと伝わらない。

それでも、ニューヨークに行ってみたいというのが、真美の夢だということは、つきあっているときから何度も話したはずだ。

「ひとりで行けばいいのに」

「そう言うと思った」

そう言うと、ゆり香は長いまつげをしばたたかせた。

「旦那さんが許してくれない？」

「わかんない。聞いてみたことないけど、そもそもひとりで行ける気がしないし」

　武文は口うるさいタイプではない。こんなふうに土曜日に友達と遊びに行っても、気を悪くしないし、帰りが遅くなっても文句は言わない。

「行けるよ。ニューヨークなら別にツアーでもいいじゃない」

「ツアーにひとりで参加なんて、よけいに寂しいし」

「航空券とホテルがセットになっているだけのツアーなら、観光なんかはひとりでできるよ」

「そのひとりが不安なの」

　ゆり香はバックパッカーだ。ひとりで、エジプトだとかラオスだとかウズベキスタンだとかびっくりするようなところに、しょっちゅう旅に出ている。彼女の目からは、危なくもない場所なのに不安ばかり口にしている真美は、頼りなく見えるのだろう。

　ゆり香はビールをぐびりと飲んだ。

「ふーん、じゃあ無理には勧めないけれど」

「大丈夫だって」とか「心配しすぎ」なんてことばが、返ってくるのを予想していたから、少し驚く。

　昔、一緒に買い物に行ったときは、お互いが興味を示した服や小物を褒めまくって、それを相手に買わせることに、夢中になっていた。同じように、旅に出ることも勧められるとばかり思っていた。

――ということは、旅慣れたゆり香から見ても、わたしってひとりで旅するには頼りなさ過ぎるってことか……。

なんかがっくりくる。真美はビニールシートから立ち上がった。

「ちょっと、会場を見て回ってくる」

洋服を畳んでいた花恵がこっちを見た。

「帰るとき、売店で冷たいお茶買ってきてー」

「了解」

会場の公園には、小さな子供を連れた家族が多かった。たしかに公園ならば、多少、子供が泣こうが騒ごうが、人に迷惑がられることはない。子供の服はすぐに小さくなってしまうし、フリーマーケットなどで売り買いすれば経済的かもしれない。

真美はあまりこういうところで買い物をしたことはないし、ネットオークションなども利用しない。

経済的にすごく恵まれているというわけでもないが、共稼ぎで子供もいないから、少しは余裕があるし、もともとそれほど物欲が激しいほうでもない。服も、シンプルでこぎれいであればいいと思っている。

だが、そんな自分を少しつまらないと思ってしまうのもたしかだ。

ビニールシートを敷いて出店者が並んでいる。その中で、ひとりの女性に目がとまった。

耳が出る長さのショートカット、黒い半袖のシャツに黒のカプリパンツ、薄い色のサングラスをかけている。

みんな、多くの服や鞄や靴などを並べているのに、その人が目の前に置いているのは、中ぐらいの大きさのスーツケース、ひとつだけだった。

革でできているから、デザインはクラシックだが、色が目の覚めるような青だった。ちょうど、今日の空と同じような色合いの鮮やかな青。

吸い寄せられるように、前に立ってしまう。

彼女はサングラスをずらして、真美を見上げた。

「どうぞ。開けてみてもいいですよ」

自然にしゃがみ込んで、スーツケースを開けた。ダイヤル式の鍵で、本体に二本のベルトがついている。あまり使い込んでいるようには見えない。

「まだ新しいんですか？」

「さあ、わたしも人からもらったから、どのくらい古いかはわからないわ」

だが、美しいスーツケースだった。大切に使われているのか、それともほとんど使われていないのか。

ハンドルを伸ばして引いてみる。車輪も問題なく動くようだった。

おそるおそる聞いてみる。

「いくらですか？」

「いくらでもいいわよ。あなたが出してもいい値段で」

急に怖くなる。まさか、呪いのスーツケース、なんてことはないだろうか。前の持ち主が事故で死んだとか、これを持って旅行に出るとなにかまがまがしいことが起こるとか……。

売り主の女性は、セールストークもせずに、スマートフォンをいじっている。

旅行はあきらめたのだから、スーツケースは必要ない。なのに、身体がその前から動かなかった。

「三千円ではどうですか？」

そんな値段では無理、と言われそうな気がしたが、彼女は特にうれしそうな様子でもなく頷《うなず》いた。

「いいわよ。どうぞ」

ブルーのスーツケースを引いて、花恵のスペースまで戻る。お茶を頼まれていたことを思い出して、途中で買った。

スペースには悠子もきていた。

すでに四本目のビールを飲んでいたゆり香が、目を丸くする。

「それ、どうしたの？」

「買っちゃった……」

どうして買ってしまったのか自分でもわからない。必要のないものなのに。

「見せて見せて。すごく素敵じゃない」

悠子が手を伸ばす。ダイヤル式の鍵は０００に設定すると簡単に開いた。

「いくらだった？」

「三千円……」

「ええー、お買い得じゃない。まだきれいだし、これ、そんなに使ってないよ」

ゆり香が、なにか言いたげな笑みを浮かべてこちらを見ている。

「と、いうことは行くの？」

「行くって？」

「ニューヨーク」

「……まだ決めてない」

だが、このスーツケースは国内旅行には少し大きい。

「じゃあ、なんのために買ったの？」

「きれいだったから……」

自分でもわからないのだ。引き寄せられるように買ってしまった。

悠子はスーツケースが気に入ったのか、「いいなあ、いいなあ」と言いながら、自分で持ちあげたりしている。

ゆり香が言った。

「行きたいなら行けばいいじゃない。もしくは旦那さんの言うとおり、定年まで待つの」

自然にことばが出た。

「それだけは絶対いや」


武文に切り出すまでに、下調べをしっかりした。パスポートも申請した。

決めたのは、大手旅行会社の、航空券とホテルとホテルまでの送迎がセットになったツアーだ。自分でホテルや格安航空券を手配するよりも割高だが、現地でも日本語でサポートが受けられるから、トラブルがあったときに安心だ。

ひとりで行くのなら、休暇も問題はない。

お盆休みがない分、夏休みとして、三日間の休暇が取れることになっている。それに週休の二日と有休を二日足せば、一週間の休みがもらえる。

だいたい休めそうなところにあたりをつけてから、武文に話をした。

「わたし、夏休みにニューヨーク行くから」

タブレットPCをいじりながら、武文がこちらを見る。

「だれと？　友達と？」

「ううん、ひとりで」

武文は小さく口を開けた。真美の顔をじっと見る。

「嘘だろ。無理に決まってる」

「どうして？　ツアーに参加するから別に危なくないし」

「英語喋れるのかよ」

「少しくらいなら喋れるわよ」

「向こうでトラブルに巻き込まれても、自分で切り抜けられるのか？」

返事に困った。どんなトラブルに巻き込まれても、と断言できるはずはない。

「強盗に遭ったり、レイプされたりするかもしれないんだぞ。絶対にひとりなんて駄目だ」

こんなに強く制止されるとは思っていなかった。唇をきつく噛《か》む。

真美が黙りこくってしまったせいか、武文の声が優しくなる。

「じゃあ、来年か、再来年か、一緒に行こうよ。ぼくも考えておくから」

胸が痛くなる。どうして来年か再来年なのだろう。

今年行こう。次の休みを合わせて行こうと言ってくれないのだろう。

結婚前から、新婚旅行はニューヨークに行きたいと何度も言った。そのときは、にこにこして聞いて、頷いてくれたのに、結局真美の願いは叶えられなかった。

簡単に予想がつく。ここで、来年か再来年ということばに頷いて、実際に来年になったとき、予定は先延ばしにされるのだ。休みが短いとか、存分に楽しめないとか、いい季節ではないという理由を付けて。

「それか、友達と一緒に行けよ。友達いるだろ？」

「いるけど……」

友達はいる。だが、その友達はみんな行きたい場所が違うし、行きたい場所にひとりで行ける子たちだ。

そんな子たちに、貴重な休みとお金を使わせて、真美の趣味につきあってほしいなんて言えない。頼めば行ってくれるかもしれない。だが、やっぱりそれはいやだった。

だから、言った。

「ごめん。やっぱりわたし、ひとりで行く」

やりたいことをだれかの決断にゆだねたまま、ずっと宙ぶらりんのままにするのはいやだ。

武文にはいいところもたくさんあるのに、旅先の希望を聞いてくれないということで、ずっと心のどこかに不満を溜めてしまっている。

友達を誘って行くことにしても、きっと同じことになる。自分は行きたいのに、武文は一緒にきてくれない、と悲しく思うのだ。

だから、真美は決めた。行きたい場所には自分で行く。

はじめてのひとり旅を決めた、と言うと友達からアドバイスがたくさん飛んできた。

悠子からは「スーツケースの半分は空で行って、向こうでお土産を買って詰めて帰っておいでよ」なんて可愛いメッセージが届いたし、花恵は「ひとりだと疲れて食事に出られないことがあるから、羊羹《ようかん》やカロリーメイトを持っていくといいよ。向こうの食事はただでさえ、量が多いから胃が疲れるし」などと教えてくれた。

旅慣れたゆり香は、「サバンナやアマゾンに行くわけじゃないんだから、パスポートとクレジットカードと、パンツ一枚あったら大丈夫でしょ」などと、おおざっぱに過ぎることを言っている。

「なんでパンツ一枚なの？」

「洗って干しておけば、翌日には乾くでしょ。そしたら次の日は洗濯済みのをはけばいいし」

「ブラジャーは？」

「それは夜洗ったら、だいたい朝乾いてる」

たくましすぎる。

もっとも、真美の旅はたった六日間だ。ホテルに泊まるのは四日。四日分の着替えや下着は、簡単にスーツケースに収まった。

観たいミュージカルのチケットは、旅行会社に頼んで取ってもらった。一日予定のない日があるから、その日の分は自分で現地に着いてから、チケットオフィスで買ってみようと思っている。

武文は、行くなとまでは言わなかった。

だが、ことあるごとに言う。

「真美は小食だし、普段でもほとんど外食しないじゃないか。向こうでどうするんだ」

「外食しないって言っても、普段は必要ないからしないだけで、できないわけじゃないもの」

「方向音痴で、ただでさえすぐ迷うのに、ひとりでどうするんだ」

「迷ったって、絶対に目的地に到着しないわけじゃないもの」

「日本で迷ったときみたいに、簡単に人に聞けないんだぞ」

最初は聞き流していた。彼の言うことはみんな事実だった。

真美は小食だし、外食があまり好きではなく、方向音痴で、知らない人に話しかけるのが苦手だ。だから、これまで旅には出なかった。

口論するのは嫌だったし、彼の機嫌を損ねて、もっと不快なことを言われるのは悲しい。

だが不思議と、やっぱりやめようとは思わなかった。

ここでやめたら、彼のことばに負けてしまったことになる。

だが、その日の夕食時、武文は執拗《しつよう》だった。一年前、ヨーロッパで日本女性がレイプされて殺された事件まで持ち出しはじめた。

「彼女だって、ずっと日本にいたらあんな目に遭わなかったのに……」

じゃあ日本にはひとつもレイプ事件がないのか、と喉元まで出かかって呑《の》み込む。

毎日乗る満員電車には痴漢対策のための女性専用車両まであるのに。

「ひとりで海外に出るってことは、そういう目に遭うかもしれないってことだよ」

チキンカレーを咀嚼《そしゃく》しようとしていた真美は、身体をこわばらせた。

口の中のチキンは、急に味が感じられなくなる。

「あなたがそんなことを言うなんて、信じられない」

武文はきょとんとした顔で真美を凝視した。

「電車に乗って、痴漢に遭うのは、電車に乗ったら、そういう目に遭っても仕方がないってことなの？　不審者に家に侵入された人は、そこに住んでいたのが悪いの？」

彼の目が大きく見開かれる。

「そういう、本人の過失が少ない場合について言ってるんじゃないだろ」

「過失？　ひとりで海外に行くのは過失なの？　武文だって昔行ったんでしょ。そのとき、襲われて殺されても、そういうことだって納得できたの？」

「ぼくは……真美のことを心配して……」

「心配してるのかもしれないけど、同時に呪いをかけてるのよ！」

吐きそうだった。もうなにも食べたくない。

立ち上がって、自室に駆け込んでドアを閉めた。鍵をかける。


中学生のときの記憶が蘇《よみがえ》る。

生理不順で訪れた婦人科医の診察室で、真美はレイプされた。

なにが起こったのか、そのときはわからなかった。

その四十代ほどの男性医師は、検査に時間がかかるからと受付嬢を帰してしまった。真美が最後の患者だった。

「これは必要な検査だから」

そう言われながら、一時間くらい身体を弄《いじく》り回された。

「きみの身体がこわばっているから、検査できないんだ。リラックスして」

なにかおかしいと思ったが、声など出せなかった。

診察台のカーテンが閉ざされた向こうで、医師の異様な息づかいと、不愉快な痛みだけがあった。

終わったあと、医師はまた来週くるように、と真美に言った。

だが、もうその婦人科には行かなかった。起こったことをだれにも言えなかったけれど。

なにかがおかしかった。なにか変だった。そう思いながらも、疑惑を口にすることはできなかった。

そこで起こったことがいったいなんだったのかを理解したのは、二、三年後だった。そんな時間が経って、告発などできるはずはない。

いつの間にか、その婦人科は看板を下ろしていた。

壁に頭を押しつけて泣いた。

あのときの真美は、自分が悪かったのだろうか。声を出せなかったこと、やめてと言えなかったこと、大病院ではなく、個人医院を選んでしまったことなど、悔やむことはたくさんあった。

海外で、レイプされて殺された女の子と、あのときの真美と、なにが違うのだろう。殺されなかったか、殺されたかの違いで、あのとき大声を上げていたら、真美だって殺されたかもしれない。

このことは、武文にも友達にも話したことはない。もちろん両親にも、赤の他人にも。

ドアの向こうで、武文の声がした。

「ごめん。ぼくが悪かった。意地悪だった」

返事をする気にもなれない。ただ洟《はな》をすすり上げる。

じっと家にいて、夜道も歩かずに、ひとりで海外に行ったりしなければ、そんな目に遭っても純粋な被害者だと認めてもらえるのだろうか。

そうではないはずだ。あのとき、真美がもし起こったことを理解して、はっきり口に出して告発しても、好奇の目は注がれたはずだ。同情してくれる人はいても、みんながみんなそうではない。

「ごめん。本当にごめん。心配してたんだ。本当に」

武文の心配を疑ってはいない。だが、感情は複雑だ。心配の上に、彼の言う通り意地悪を上塗りすることだってできる。

少しだけ笑みがもれた。

それでも彼は、自分が意地悪だったことは認めてくれた。今はドアを開ける気にはならないけれど。

しばらく経って、彼がドアの前から立ち去る足音がした。

真美は壁から身体を離して、ドアの横に立てかけてある青いスーツケースを引き寄せた。

出発は一週間後だから、まだ荷造りはなにもしていない。

無意識のまま開けて、内側を眺める。

内側は、白いサテンの布張りだった。蓋の裏側に、小さなポケットがある。まるで、ちょうど秘密を隠すために作られたようなポケット。

何の気なしに、中に指を入れる。一枚の紙が指に触れた。

なんだろうと思いながら、それを取り出す。二つ折りにされたメモ用紙だった。広げてみる。

「あなたの旅に、幸多かれ」

走り書きのようなたった一行。

いったいこれは、だれが書いたのだろう。スーツケースを売ったあのサングラスの女性だろうか。それとも、彼女にこれをあげた人だろうか。

真美はぼんやりとその紙を見つめた。

自分の旅に、幸福は見つかるのだろうか。


出発の前の日、送ってきたゆり香のメールにはこう書いてあった。

「まあ、生きて帰ってきたら成功ってことにしておこうよ」

あいかわらずおおざっぱだ。だが、そのメッセージは心強い。迷子になっても、スリに遭っても、パスポートや財布をなくしても、とりあえず怪我がなくて、家に帰れたら成功。

観たいミュージカルが全部観られて、トラブルが起こらなければ大成功。自分でチケットが買えれば、奇跡が起こったようなものだ。

武文は、一週間前のことを申し訳なく思っているのか、空港まで送ってくれると言った。必要なわけではないが、固辞する理由もない。

「お土産はなにがいい？」

「なんでもいいよ。真美が楽しんできて、無事に帰ってくれれば」

ブルーのスーツケースは、すいすいと軽やかに進んだ。

はじめて訪れた国際空港は、近未来の建物のように整然としていた。迷いながら、ツアーカウンターでチケットをもらって、チェックインを済ませる。

まだ一緒にいると言う武文を、大丈夫だからと追い返す。

外食が苦手というのは、外食ができないということではないし、道には迷うが必ず辿《たど》り着く。人見知りだが、これでも販売職だ。本気を出せば、知らない人に話しかけることなどなんでもない。

「じゃあ、気をつけて行ってこいよ。危ないところには行かないようにね」

「行かないわよ。臆病だもの」

草食動物のようにびくびくしているけれど、臆病なウサギだってときには旅をするのだ。

「毎日メールするね」

そう言ってから、真美は手荷物検査場に向かって歩き出す。

おどおどしながらも、手荷物検査と出国手続きを終えて、免税店のゾーンに出た。買い物はここでする気にはなれないが、少し緊張した。

まだ時間があるから、ゆっくりコーヒーが飲みたい。

しばらくうろついて、カフェテリアを見つけた。コーヒーを買って、空いている席に腰を下ろす。

窓の外には、飛行機がいくつも並んでいるのが見える。映画みたいな光景だと思う。

隣のテーブルには、四十代ほどの女性がふたり、親しげに会話をしていた。

友達か姉妹か、出国手続きを終えた先にいるのだから、ふたりで旅行に行くのかもしれない。連れのいる彼女たちが、少しうらやましいような気持ちになる。

この高揚感を共有できるのだから。

片方の女性が言った。

「だって、人ってときどき、コーヒーが飲みたいのに、紅茶を注文するようなことってするでしょ」

「そんな人いる？」もうひとりが答える。

「いるわよ。コーヒーはカフェインが多いから、とか、紅茶の方が上品に見えるから、とか」

「ああ、そうね。そういうことはあるわね」

「わたしね、そういうことはもうやめたの。自分の望みはなるだけ叶えてあげることにしたの」

「あら、そうなの？」

「そう。花が欲しいときには花を買うし、コーヒーが飲みたいときにはコーヒーを飲むのよ。大きな望みは叶わないことが多いんだから、小さな望みを叶えてあげてもいいでしょう」

「だからって、お酒は飲み過ぎちゃ駄目よ。介抱する方が大変なんだから」

ふたりの会話に自然と笑みが浮かんだ。

これからの旅が、また行きたいと思うほど楽しいものになるか、もうこりごりと思うかはわからない。だが、真美もひとつ、自分の望みを叶えた。

ひとりで、自分の行きたいところに行ける自分になる。

第二話　三泊四日のシンデレラ

朝の空気は、皮膚に冷たい。

中野花恵はカーディガンの前を閉じて、小さく身震いした。

今は七月で、しかも猛暑だと言われている。だが、朝の五時は猛暑といえども牙を隠している。蟬《せみ》の声だけが今は夏だという証《あかし》だ。

気温はたぶん、二十五度くらい。夜は寝苦しいほど暑いのに、なぜ早朝はこんなに肌寒いのだろう。

少し自律神経がおかしくなっているのかもしれない。昨日も結局、夜遅くまで借りてきた映画のＤＶＤを見てしまった。なんとか日付が変わるまでにはベッドに入ったが、それでも四時間半くらいしか寝ていない。

勤務時間は、朝六時から午後三時まで。九時五時で働く人とは違う勤務時間だが、花恵はそれが気に入っている。朝は早いが、仕事が終わるのは普通の人よりずっと早い。残業のない日は仕事が終わってから、美術館に行ったり、映画を観たりが簡単にできる。

勤務時間は八時間だから、時間を得しているように感じるのは錯覚だ。だが、錯覚でも仕事に対してネガティブな感情しか抱けないよりはいい。

中野花恵が働いているのはオフィスクリーニングの会社だ。といっても清掃作業員ではなく、そのマネージャーである。バイトを面接して雇い、仕事を教える。シフトを組み、仕上がりを点検する。

アルバイトはだいたい、大学生か二十代前半のフリーターで、自分より若い人たちと仕事をするのは楽しい。

給料もそんなに悪くはない。親元で暮らしているから、もともとひとり暮らしの人よりも余裕はある。実家に五万円は入れているが、ひとり暮らしをすればそんなものではすまないはずだ。

大学の友達である舘原ゆり香や澤悠子も、いつも家賃の高さを愚痴っていた。少し便利なところに住もうと思うと、十万を超えると聞いたことがある。

恵まれているのに、ときどき父は言う。

「大学まで出してやったのに、なんで掃除屋なんかにならなきゃならないんだ」と。

何度も大喧嘩をした。不景気で就職難で、お父さんが新入社員の頃、四十年前とは違うのだ、と説明した。それでも父の頭には花恵の説明なんて少しも入ってこないようだった。

大学を出たのだから、だれでも名前を知っている大企業に入ってくれなければ恥ずかしい。父は今でもそう思っている。花恵の仕事を恥ずかしいと思っている。

母だって喧嘩をしたくないから黙っているだけで、心の底ではそう思っていることが伝わってくる。そのことが悲しくて仕方ない。

家を出てひとり暮らしをはじめることも、ときどき考えるが、高い家賃を払うよりは実家で少しでも貯金をした方がいいと思ってしまう。それが親に甘えている、ということなのかもしれないけれど。

だが、花恵は家にお金も入れているし、家事だってちゃんと分担している。帰りが早いから、二日に一度は夕食を作っているし、節約のために持っていくお弁当だって、ちゃんと自分で作っている。

たまに口論はするが、両親ともうまくやっているつもりだ。

弟も妹も家を出てしまったから、両親も寂しいらしく、自立しろと積極的には言わない。

職場のオフィスビルに通用口から入り、地下の清掃事務所に行く。もうバイトの子たちはきていて、更衣室で作業服に着替えている。

昨日のうちに準備してあった、清掃場所の割り当てをホワイトボードに書いていると、バイト歴の長い中西《なかにし》さんという女の子が話しかけてきた。

「さっき、電話がかかってきたので出たんですけど、戸田《とだ》さん今日風邪でお休みしますって」

「本当？　ありがとう」

特に学生バイトは責任感がなく、すぐに休む子がいる。花恵は眉間に皺を寄せて、ホワイトボードを睨んだ。

今日は人員に余裕がない。戸田は各階のトイレ担当だが、ほかの清掃場所もぎりぎりで動かせない。

花恵は小さくためいきをついた。今日は花恵がやるしかない。

こういう日は、週に一度くらいある。少し残業すれば通常業務も終わらせることができるから問題はない。

だが、そのたびに思うのだ。花恵が実際に掃除をすることがあると知ったら、父はもっと怒るだろう、と。

花恵自身は仕事が増えること以外は、それほど嫌ではないし、長くやっている分、アルバイトの人たちより手際がいいと思っている。

なのに、両親には言えない。言うとまた揉《も》めるし、花恵自身が消耗する。

ためいきをついて、花恵は清掃用の作業服に着替えるため、更衣室に向かった。


その夜は、大学時代の友達と食事をすることになっていた。

七時の待ち合わせだから、残業しても充分間に合う。むしろ、定時に仕事が終わったら一度家に帰ろうかと思っていたほどだ。

今日は、先日ニューヨークひとり旅を敢行してきた真美の話を聞いて、お土産を受け取ることになっていた。

彼女の旅の報告はすでにSNSで読んでいた。

ニューヨークで観たかった舞台を観て、おまけに楽屋口で出待ちまでして、憧れの俳優にサインをもらい、一緒に写真まで撮ってもらったという。

アメリカ人の二枚目俳優に肩を抱かれて、緊張のあまり泣きそうな顔になっている真美の写真がSNSにアップされて、花恵は自分の部屋で声を出して笑った。

普段は大人しくて、控えめな彼女がはしゃいだような文面で旅日記をアップしている。

そのことになぜか胸が熱くなった。

道に迷ったり、なかなかひとりでレストランに入れなくて、ホテルでルームサービスを頼んだり、歩きすぎて靴擦れができたりはしたらしいが、彼女は目的を達成して、無事に家に帰ってきた。

そのことを一緒にお祝いしたい気持ちで、集まろうと花恵が声をかけた。

予約したイタリア料理店に向かうと、舘原ゆり香はもうきていた。真美と澤悠子はまだだ。

真美はデパート勤務だから、早番と言っても帰り際にお客さんがくるとなかなか帰れないし、フリーライターの悠子はいつも忙しく走り回っている。

いつも待ち合わせ場所に先にやってくるのはゆり香と花恵だった。

ゆり香とふたりきりになると、いつも少し戸惑う。嫌いなわけではない。彼女は活動的で頭がよくて、大好きだ。みんなと一緒のときは、楽しく話ができる。

ただ、ふたりきりだと、少しぎこちなくなるというか、無理をして話をしているような気分になる。別に花恵は、人見知りなわけでも引っ込み思案なわけでもない。バイトの学生たちとは初対面でもいくらでも話ができる。

ゆり香とは少し波長が合わないのかもしれない、と思う。

嫌いなわけではなく、なにかが合わない。ゆり香の方もそう思っているかもしれない。

斜め向かいに座ると、ゆり香が言った。

「真美はもうすぐくるけど、澤ちゃんは例によって一時間くらい遅れるって。はじめておいてって言ってた」

「ま、通常通りだね」

だいたい、レストランで食事をすると、悠子がやってくるのはデザートが出てくる時間になってからだ。そこから早くできそうな料理を頼んで、急いで食べるのだ。遅刻ではあるけれど、待ちぼうけを食らわされているわけではないから、気にならない。

少し沈黙があった。花恵は焦って口を開いた。

「真美、うれしそうだったね」

「うん、また行きたいって言ってたよ」

そう思える旅だったなら喜ばしい。ゆり香が尋ねた。

「ねえ、花恵はニューヨーク行ったことある？」

「ないよ。わたしはアジアばっかりだもん。香港《ホンコン》とか台湾とか、あとはベトナムやマレーシア」

もちろんほかに行きたいところもないわけではないが、今はそれで充分楽しんでいる。

「わたしもない。いつかは行きたいと思うのかな」

ということは、今はゆり香はニューヨークには特に行きたくないということだ。

大学のときから仲はいいが、いつも四人ともマイペースだった。興味がないのに、つきあいで一緒に出かけたりすることはあまりない。四人のうち、ふたりだけが一緒に出かけて、残りのふたりが誘われなくても、お互い気にすることもなく、不満を口にする人もいなかった。四人とも、性格や好みは違うが、そんなところが気があっていた。

ドアが開いて、真美が入ってきた。大きな紙袋を持っている。

「ごめんね、遅くなって」

「いいのいいの。お喋りしてたから」

ウエイターからメニューをもらって、ディナーコースを注文した。ワインも高くないのを一瓶。花恵は、お酒に弱いからミネラルウォーターを頼む。

「楽しかった?」

ゆり香がくすくす笑いながら尋ねる。真美の返事は想像通りだ。

「もう、すっごく楽しかった。悩まずにもっと早く行けばよかった」

普段は聞き役に回る方が多い真美なのに、今日はいくらでもことばが出てくるようだった。

ベーグルサンドやリブステーキがおいしかったこと、本場のブロードウェイの舞台がどんなに素晴らしかったか、そして自分の失敗談。

花恵たちは笑いながら真美の話を聞いた。

ふいに、ゆり香が言った。

「そういえば、花恵は夏休みどこか行くの？」

どきりとした。動揺を隠しながら微笑む。

「香港に行くつもり」

「香港、この間も行ってなかったっけ」

真美の質問には正直に答える。

「行ってたよ。五回目」

「ええー、すごい。毎年みたいに行ってるよね。そんなに好き？　香港」

「うん、楽しいよ。ごはんもおいしいし」

ゆり香が前菜のスモークサーモンをナイフで切りながら言った。

「そういえばさあ、花恵ってそんなに自分の旅の話しないよね」

今度こそ、息が止まるかと思った。花恵は笑顔を作った。

「そう？　そんなことないと思うけど」

「しないよ。ごはんがおいしいとか、人が親切とか、そんな当たり障りのないことだけで」

なぜだろう。別に言われたくないことを言われたわけではないのに、脈が速くなる。

「語彙《ごい》が少ないんだよ。それにそんなに特別なことしないし……」

これだから頭のいい人は困る。気づかなくていいところに気づく。真美が尋ねた。

「いつ行くの？」

「来週だよ」

そう答えると、真美とゆり香は顔を見合わせた。

「もうすぐじゃない」

そうだけど、別に友達に報告しなくてはならない理由はない。

ゆり香の目は正しい。花恵は旅の話はしたくない。

恥ずかしいからだ。


翌日のことだった。

花恵が台車に洗剤を載せて運んでいると、後ろから、アルバイトの桂木俊生《かつらぎとしお》が追い抜いていった。小走りで先に急ぎ、花恵のためにドアを開けてくれる。

「ありがとう」

桂木は週五日で入っているフリーターだ。ここにきて半年だが、手際がいいし、なによりこんなふうに、ちょっとした気配りができる人だから、ほかのバイトたちからの人望も厚い。

気が利いて感じがいいし、話をすると頭のいい子だなと思う。こんな子が清掃のアルバイトをしているなんて、少しもったいない。

そんなふうに考えてしまう花恵も、清掃バイトを見下しているのかもしれないけれど、だが、彼ならばどこかの正社員になってもうまくやれるだろう。

彼も地下の事務所に行くらしく、一緒にエレベーターに乗る。

「明日から、俺、一週間休みなんですよね。帰省するんです」

「え、そうだっけ?」

そう言われれば、次の出勤日がずいぶん先だったような気がする。桂木が苦笑した。

「気づいててくれなかったんですか。ショックだなあ。俺のこと認識されてないんだなあ」

「そんなことないよ。だってバイトは十五人くらいいるし……」

「でも、みんなと同じ扱いなんですね」

いたずらっぽい顔で軽く睨まれて、なぜか心臓がきゅっと縮んだ。

──え、これって……。

桂木はたしか二十六歳で、花恵より三つも年下だ。きっと彼から見ると花恵なんてアラサーのおばさんだ。

だが、彼は花恵に向かって、にっこりと微笑んだ。

「中野さんにお土産買ってきますね」


実を言うと、これまでも桂木のことを、ちょっといいなと思っていた。

二枚目ではなく、目も鼻も口も一本の線みたいな簡単な顔をしているけれど、なによりみんなに優しいし、穏やかだ。

だから、彼がちょっとこちらに関心のあるようなことを言ってくれたことは喜んでもいいのに、素直に舞い上がることができなかった。

──無理だよ。きっとうまくいくはずなんてない。

三年前までつきあっていた幸樹《こうき》のことを思い出す。

大学のときのバイト先で、正社員だった彼と花恵は恋に落ちた。そこから五年ほどつきあって、やっと両親に会わせたときのことだった。

自宅のリビングで、両親に幸樹を紹介したあと、父はこう言った。

「幸樹くんは、どこの大学を卒業したんだ」

幸樹の顔から血の気が引いていったのを、花恵は今でも覚えている。

「ええと……精錬《せいれん》大学を中退しまして……」

「じゃあ、高卒か」

父はさくらんぼの種でもはき出すようにそう言った。

幸樹はそれっきり相槌《あいづち》を打つばかりで自分から話を切り出すことはなかった。父は自分や、親戚の人たちの出身大学や職業について、話し続けた。母の兄が大学教授だとか、従兄弟の一人がカナダに留学しているとか、そんなことばかりを。

やがて、夕刻になり、幸樹は花恵の家を辞した。父も母も夕食を食べて行きなさいとは言わなかった。

駅まで幸樹を送ったが、その間も彼は黙りこくっていた。花恵だけが道化師のようにおもしろおかしい話を思い出しては、無理に話し続けていた。

幸樹を送って帰宅すると、父は花恵をちらりと見て言った。

「あんな奴はやめておけ」

——彼のことをなにも知らないくせに。

気にしないでほしかった。父は気にしても、花恵は気にしない。父と結婚するわけじゃないんだから。

だが、幸樹の態度はその日を境に変わった。何とか修復しようとしたが、三ヶ月も経たないうちに別れを切り出された。

幸樹を恨む気持ちはない。だが、男性のプライドというのは繊細で、少し傷つけてしまうだけで長年のつきあいすら、駄目になってしまうことを知った。

今更、父が変わることは難しい。そして家族と縁を切ってまで、恋人と駆け落ちしたいとは花恵も思わない。

先走った考えかもしれない。もし、桂木とつきあうことができても、幸樹と同じことになるような気がする。

彼の学歴は知らない。履歴書を確認すればわかるが、そこまでするつもりもない。だが、フリーターというだけで、父は同じ扱いをするだろう。うまくいくはずはない。

休憩時間にお弁当を食べながら、そこまで考えて、急に恥ずかしくなる。

単に、休みに気づかれなかったことが寂しいとか、お土産を買ってくるとか言われただけだ。アルバイトの、正社員に対するちょっとしたごますりだ。

ふいに思った。彼の田舎はどこなのだろう。

家に帰って押し入れから、スーツケースを出した。アルミの中サイズ。長年使っているから、あちこち傷だらけだが、旅慣れているように見えるから気に入っている。

引っ張り出してから気づいた。四輪のキャスターがついているが、ひとつが完全に外れてしまっている。

有名なメーカーのものだから修理はしてくれる。だが、出発は三日後で、修理に出している時間はない。

花恵は考え込んだ。新しいものを買うしかない。家にはほかにスーツケースはないし、さすがに国内旅行用のキャリーバッグは小さすぎる。

だが、買ってしまえば、壊れた方を修理した後に困る。ふたつあっても仕方がないし、置き場所はない。

ふいに、青い革のスーツケースが頭に浮かんだ。この前、フリーマーケットで真美が買っていたものだ。

急いで真美に電話をした。そんなに高級品ではないし、しょっちゅう使うものでもない。もしよかったら貸してもらえないだろうかと頼んでも、図々しすぎることはないだろう。

真美は快諾してくれた。

青いスーツケースはベルトコンベアの上でもよく目立った。

それを下ろして、空港出口に向かう。香港は一年に一回きているから、迷うことはない。少し高いが、香港市内までエアポートエクスプレスが通っている。

クレジットカードを使って切符を買い、最新式のスマートな列車がくるのを待つ。九龍《クーロン》までこれで行けば、そこからホテルへのシャトルバスがある。

フライト時間は五時間ほどだから、それほど疲れてはいないが、到着したのは夜九時だ。なるべく最短距離でホテルに行きたかった。

エアポートエクスプレスはあっという間に九龍駅に到着する。引き続き香港駅へと向かう列車を降りて、シャトルバスに乗り換えた。

日本よりずっと鮮やかで、目に騒がしいネオンを見ると帰ってきた、と思う。

花恵はこの街が好きだった。目を見張るほど豪華なものも、雑多で猥雑《わいざつ》なものも両方ある。在住の日本人も多いから、住んでいる人のふりをして街を歩くこともできる。客引きもそれほど図々しくない。

ベトナムやマレーシアも楽しかったが、客引きの激しさには閉口した。香港が好きになりすぎて、広東語《カントン》まで勉強しはじめたほどだ。

見慣れた、噴水のある広場にシャトルバスが停まった。そこを降りると、花恵が泊まるホテルはすぐだった。

香港一豪華なホテルだと言っても大げさではないだろう。

一泊は日本円にして四万円を超える。三泊すれば、一ヶ月分の家賃に匹敵するほどの値段になる。

それは驚くような値段ではあるけれど、決して手が届かない値段ではない。東京の中心部で部屋を借りている人は、毎月のようにこんな金額を払っている。

ホテルに入ると、揃《そろ》いの制服を着たポーターがやってきて、とても自然に花恵のスーツケースを受け取って運んでくれる。

名前を聞かれて、フロントに案内された。

可愛らしい香港人の女性が花恵に微笑みかけた。流暢《りゅうちょう》な日本語で言う。

「いらっしゃいませ、いつもありがとうございます。中野様」

花恵はこのホテルに、ほぼ年に一度泊まっている。部屋に入れば、好みの高さの枕が置いてあって、ウェルカムフルーツは、花恵の苦手な柑橘《かんきつ》類は抜いて用意されているはずだ。

回数を重ねるたびに、スタッフの応対は親しみを込めたものになる。

丁寧で礼儀正しいのは最初からだが、二度目、三度目は少しずつ笑顔が多くなる。

まるで、江戸時代の花魁《おいらん》遊びみたい、と花恵は思う。初会《しょかい》は顔を見るだけ、裏を返して少し親しくなり、三度目でやっと客と認めてもらえる。

だが、その分、親しげに接してもらえることが誇らしい。

今風のカードキーではなく、真鍮《しんちゅう》の重い鍵をもらって部屋に向かう。スーツケースは後からポーターが届けてくれる。

ドアを開けて深呼吸をした。

広くて、快適な部屋。豪奢《ごうしゃ》なインテリアと飾られた蘭の花、真っ白なシーツがかけられたキングサイズのベッド。古い建売住宅の六畳一間とは全然違う、夢の部屋。

ベッドにぱふん、と横になった。

大きく呼吸をする。これだけで、毎日早朝から働いた疲れが溶けていく気がする。

この空間が大好きだった。一年に一度ここにくることを考えれば、アルバイトたちのわがままに振り回されることも我慢できたし、幸樹と別れてから彼氏がいないことも、三十歳がすぐ目前に迫っていることも、みんな忘れられた。

つかの間の楽園でも、楽園は楽園だ。

でも、どうしてもかすかな罪悪感がつきまとう。

自分は本当はここに泊まるようなお金持ちではない。生まれもごく普通のサラリーマンの娘だ。

普段はアルバイトの大学生に発破をかけたり、自分自身がぞうきんと洗剤を手にトイレ掃除などをしている。

少しもこのホテルにふさわしくないのに、花恵はまるで生まれたときから贅沢《ぜいたく》を知っているかのように、つんと顔を上げてロビーに入っていく。

それともうひとつ、これは、本当に旅なのだろうか。旅というのは、たとえば、ゆり香みたいに、リュックを背負って知らない国に行って、ユースホステルに泊まり、その土地の人たちと交流することではないのだろうか。

観光も街歩きもする。おいしいものも食べる。高級ブランドのお店には行かないけれど、スーパーや小さな雑貨店をのぞいて、お土産や記念になりそうな小さなものを買う。

豪華なホテルに泊まる以外は、それが花恵にとっての旅だ。

地元の人と友達になるわけでもなく、ただ観光客としてしか街と関わらない。

だから、人には話したくない。自慢できるようなことはなにもない。

この街とこのホテルは大好きなのに、そんなことを考えてしまう自分は嫌いだった。


その翌日、花恵はのんびりと街歩きを楽しんでいた。

夕方からスパでマッサージを予約しているから、それほど遠出はできない。明日はマカオまで足を延ばしてみようかと考えているから、香港をゆっくり歩けるのは今日だけだ。最終日は午後便で帰ることになっている。

だいたい、三泊四日で訪れるが、いつも短いと感じる。できれば一週間とか半月とか滞在してみたい。

もっとも、そんなに長く今のホテルには泊まれない。あと一泊余分に泊まるのさえ厳しい。

年に一回、三泊だけの夢だ。ゴージャスだけど覚めるのも早い。

日本よりも蒸し暑くて、汗が噴き出す。なのに、店やショッピングセンターに入ると、エアコンが効きすぎていて、震え上がる。なにもかもが極端なのに、そこが楽しい。

朝九時くらいから歩き回り、ちょうど昼を過ぎた頃だった。

暑さに辟易《へきえき》して、花恵は公園の木陰でひと休みしていた。

地元のおじさんたちが、鳥かごを手に集まっている。美しい声を競い合っているのだと前に聞いた。

木陰で、鳥の声に耳を傾ける。

孤独なのも、自由なのも楽しい。ひとりでいることはそれほど苦痛ではない。食事のときが少し憂鬱《ゆううつ》なだけだ。

朝食は中華粥だったから、もうすっかりお腹は空いている。なにか食べに行こうと考えていたときだった。

「中野さん？」

急に声をかけられて驚く。顔を上げると、そこに立っていたのは桂木だった。

「え……？」

驚きのあまり、声が出せない。なぜ、桂木がここにいるのだろう。桂木の方も自分で声をかけてきたくせに驚いた顔をしている。

「やっぱり、中野さんですよね。こんなところにいるわけないと思ったんですけど、あまりにそっくりだったから」

「偶然……」

桂木は花恵の隣に座った。

「旅行ですか？」

「うん。桂木くんも？」

そう尋ねてから気づいた。彼はたしか帰省すると言っていたはずだ。

「俺、母がこっちに住んでいるんです。生まれたのも香港だし」

「え？　そうなの？」

はじめて聞いた。

「そうですよ。だから、帰省です。これから叔母の家に行くんです」

「そうなんだ。いいなあ」

桂木は目を見開いた。花恵はあわてて言う。

「あ、わたし香港が好きだから。年に一度はくるんだよ」

「へえ。じゃあ、定宿とかあるんですか？」

声が喉に詰まった。笑顔を作って動揺を悟られないようにする。

「まあ、いろいろとね」

彼はそれ以上聞いてこなかった。もともと大して興味もないのだろう。

「友達とかと一緒ですか？」

「うん、ひとり」

これは言える。ひとりで行動することは別に恥ずかしくない。

「えっ、そうなんですか？　じゃあ、今晩とかメシどうですか？　うまい羊のしゃぶしゃぶの店ありますよ」

そう言ってから、桂木は少しはにかんだように笑った。

「あ、羊が駄目だったら、別のものでも」

「羊、好きだよ。大丈夫」

ごく自然に携帯番号を交換していた。

「じゃあ七時くらいに電話しますね」

スパは五時から一時間だから、部屋に帰って、お化粧をし直すくらいの時間はあるだろう。

彼は小さく手を上げて、早足で公園を出て行った。まるで風みたいだった。

飲茶《ヤムチャ》を食べて、ホテルに帰ったとたん、急に悲しくなった。

なぜ、言えないのだろう。自分が好きでやっていることなのに、恥ずかしいと思ってしまうのだろう。

自分がここにふさわしくないと思うから。無理をして背伸びをしていると思われるのは恥ずかしいから。いくらでも理由は思い浮かぶ。

だが、別に悪いことをしているわけでもないし、人のお金を騙《だま》し取っていいホテルに泊まっているわけでもない。

それなのに、なぜこんなに自分を恥じてしまっているのだろう。

もともと育ちがよくて、贅沢なんて当たり前みたいに思えるような人になりたかった。

どんよりした気分のまま、窓のそばに置かれた真美のスーツケースを眺める。

花恵の幸福は、このスーツケースに似ている。

鮮やかな色をしていて、人目を惹きつけて、美しいのに、それはどうやっても借り物に過ぎないのだ。

スーツケースのそばにしゃがみ込んだ。自然に口が動いた。

「どこからきたの？」

フリーマーケットで真美はこれを買った。だからこのスーツケースには前の持ち主がいる。

その人は旅が好きだったのだろうか。それともまだ新品のようにきれいだから、買ってはみたものの少しも使わずに手放してしまったという可能性もある。

このスーツケースは、持ち主である真美よりもいろんなところを旅しているかもしれない。事実、真美のきたことのない香港に花恵が連れてきた。

数字のロックを外して、中を開けた。

三泊四日の香港旅行にはサイズが大きいから、三分の二以上は空の状態で持ってきた。今は、洋服を部屋のクローゼットにしまっているから、ほとんどなにも入っていない。

蓋を閉じようとしたとき、上蓋のポケットからなにかが顔をのぞかせていた。

出してみれば、ニューヨークの地下鉄路線図だ。真美が入れっぱなしで、気づかなかったのだろう。

行ったこともないし、この先行く予定もない国の路線図は少しミステリアスだ。意味もなく眺めてしまう。

見ると、いくつかの駅名の下に赤線が引いてある。降りる駅なのだろう。几帳面《きちょうめん》な真美らしい。

微笑ましい気持ちになって路線図を閉じようとしたとき、路線図の隅になにか書かれていることに気づいた。

「絶対、負けない」

真美の字だった。自分を奮い立たせるために書いたのか、戦わなければならないなにかがあったのか。

戸惑いながら、花恵はその字を見つめていた。

おっとりして、さっさと優しい旦那さんを見つけて結婚して、なにもかもうまくいっているように見える真美もなにかと戦っている。

思わず、そんなひとことを書いてしまうほど、耐えがたいことがある。

花恵はしばらく考えた。花恵が勝たなければならない相手は、花恵自身だ。


桂木から電話があったのは七時より少し前だった。

「今、どこにいますか？」

花恵は深呼吸すると、ホテル名を告げた。それはただの事実で、それに彼がどんな反応をしても、花恵には関係ない。

彼はさらりと言った。

「じゃあ、ロビーに行きます。十五分くらいかかるかな？　羊の店もそこの近くなんで」

電話は切れた。拍子抜けしたような気持ちで花恵は携帯電話を見つめた。

驚かれることも、茶化されることもなかった。香港に生まれた彼は、そのホテルがどんなに高いか知っているはずだし、花恵がただの清掃会社の社員に過ぎないこともよく知っている。なのに、そんなことには興味がないようだった。

十五分待ってから、ロビーに降りる。桂木はすぐに見つかった。ラフな格好ではあるが、昼会ったときはTシャツだったのに、今は綿の半袖シャツに着替えている。

彼の言う通り、羊のしゃぶしゃぶを食べさせる店は、ホテルから歩いて五分くらいだった。雑居ビルの中にある小さな店で、地元の人でごった返している。

奥のふたりがけのテーブルに座ると、注文する前から鍋が運ばれてきた。鍋には仕切りがあって、白いスープと、いかにも辛そうな赤いスープが注がれている。

「これはみんな一緒で、中に入れる具を注文するんです」

羊肉、茸《きのこ》、白菜や青梗菜《チンゲンサイ》、もやしなど、広東語のメニューから桂木は慣れた調子で注文をした。花恵も、ぎこちない広東語で、店員にビールを注文すると、桂木は目を丸くした。

「広東語喋れるんですか？」

「ちょっとだけだよ。へたくそだし」

スープが沸騰する頃、いろんな具が運ばれてきた。ビールで乾杯した後、桂木がするのをまねて、花恵は羊肉を箸でつまみ上げて、白いスープに泳がせた。おそるおそる口に運ぶ。

「おいしい。すごくまろやかで優しい味」

「赤い方は香辛料がきいてますよ」

それは見た目と匂いでよくわかる。赤いスープで食べてみると、辛いだけではない複雑な味がした。これも本当においしい。

こういう鍋物は、日本でもそうだがひとりでは食べられない。あらためて誘ってくれた桂木に感謝する。

それからは夢中になって、ふたりで食べた。湯気と汗で化粧はすっかり落ちてしまっているだろうが、どうでもいい。よく考えれば、桂木は職場で汗だくになって働く花恵をいつも目にしているはずだ。

締めの卵麵《らんめん》を入れてもらって、煮えるのを待つ間、花恵は言った。

「連れてきてくれてありがとう。こういう店って、ひとりじゃ行けないし、ガイドブックにも載ってないから、絶対に自分では見つけられない」

桂木はくすりと笑った。

「俺も、中野さん見つけたとき、声かけてよかったです。実は迷ったんですよね。声かけられたくないかもって思ったし」

「ううん、そんなことないよ」

桂木は、箸で麺の煮え具合を確かめた。

「もういけそうですよ」

言われるまま、スープの絡んだ麺を自分の器に入れる。もともとおいしいスープに羊肉の旨みが溶け出していて、絶妙だ。

「うわあ、これおいしい！」

「でしょう」

桂木は自分の器に入れて、麺をすすり込んだ。

「それに、俺、あんまり香港出身だなんて言ってないんですよね。出身地を聞かれたら、島根とか言ってました。まあ、本籍はそこだし、しばらく住んでいたこともあるから嘘をついたわけではないんですけど」

「どうして？」

彼は箸で器を一混ぜして言った。

「中学高校と、かなりひどいいじめに遭ったんで……」

息を呑む。いつも穏やかで、気遣いを忘れない彼がそんな目に遭っていたなんて想像もしなかった。

「小学生くらいのときって、人と違うことがちょっと誇らしいでしょう？　だからまわりの友達に、自分が香港で生まれたことや、母親が中国人であることは隠さなかったんです。でも、そのときの同級生の父親が、中国人のことが大嫌いだったらしくて、そのこと、中国への悪口を自分の息子に吹き込んだ。それから友達の反応が変わりました」

花恵は箸を止めて、桂木の話を聞いていた。さきほど会ったとき、彼は母がこちらに住んでいるとは言ったが、中国人だとは言わなかった。

「特に、中学に入ってからひどかった。いちばん、異質なものを排除したい年頃なんでしょうね。ネットで見つけた中国人の悪口を机に書かれたりしました」

「ひどい……」

「高校は、中学のときの同級生と離れられなくて同じ結果だった。でも東京の大学に出てきて、そいつらと離れられたら、もういじめられることはなかった。まあ、大学ではあまりいじめも起きないでしょうけど」

彼は、ビールの後に頼んだプーアール茶を自分の茶碗に注いだ。

「でも、そこからは俺、自分からそのことを言わなくなったんです。別に母が中国人であることは恥じてないですけど」

そんなことがあれば、言いたくなくなるのは無理もない。

そう考えてから、気づいた。

自分だけではないのだ。

隠すようなことではないと思いつつ、言えないことなんて、だれもが持っているのかもしれない、と。

桂木は照れたように笑った。

「ひさしぶりに人に話しました。秘密ってわけじゃないんですけど」

「うん、わかる」

花恵は頷いた。

桂木は気づいていない。花恵も他の人には話していない、でも秘密というほどではない、ささやかな隠し事を桂木に話したことを。

その後も話は弾んで、話題は花恵が泊まっているホテルのことになった。

「俺は母の家に泊まるから、香港のホテルに泊まったことないですけど、人気ありますよね。豪華だし」

「うん、建物や内装が豪華なのはもちろんだけど、サービスが素晴らしいの。何度か泊まったら、食べ物や枕の好みとかを覚えていてくれるし、まるでお姫様みたいに扱ってくれる」

そう口に出して、自分の少女趣味に恥ずかしくなった。だが、桂木は言った。

「丁寧に扱ってもらうことって大事ですよね」

はっとした。言われてからやっと気づいた。

自分は大切に、丁寧に扱ってもらいたかったのだ。たった三泊四日でもいいから、そのときだけは誰かに、丁寧に扱われたかったのだ。

それが払ったお金の対価であり、時間切れになればとけてしまう魔法だったとしても。

花恵ははっきりと口に出した。

「うん、わたし、大事に扱われたかったの」

つかの間、そうしてもらえれば、また頑張れる。日常に戻って戦える。

思い切って言ってみた。

「でもさ、それって少しわびしいよね。お金を払って大切にしてもらうなんて」

桂木は即答した。

「そんなことないですよ。だれにも親切にもせず、お金も払わず、なのに大切にしてもらえないって愚痴ばかり言う人は、世の中にたくさんいるでしょ。そっちの方がずっとわびしいし、自分以外の人に甘えてますよ」

プーアール茶を一口すすって、彼は言う。

「それで、中野さんが幸せになるなら、安いものでしょう」

そう。花恵は幸せになる。たった三泊四日の魔法で。だったら恥じることも、隠すこともないのかもしれない。

桂木は身を乗り出して尋ねた。

「いつまでいるんですか？」

「明後日。明日はマカオに行こうかなと思って」

「中野さんさえよければ、俺、案内しますよ」

そういう彼の表情があきらかに緊張していて、少しおかしくなる。

「え、いいの？　友達に会ったりしないの？」

「明日は予定がないんです。それに友達に会うって言っても、俺はしょっちゅうこっちきてるし、めったに帰らないわけじゃないんで」

だったら頼んでもいいかもしれない。

「じゃあお願いしようかな」

桂木は一瞬きょとんとした顔になって、それから急に笑った。

「すごくおいしいポルトガル料理のレストランがあるんですよ。あとエッグタルトも」

「わあ、行ってみたい」

花恵も笑顔になりながら考える。

もしかしたら、今度の旅の話は、友達に話せるかもしれない、と。

第三話　星は笑う

子供の頃からよく言われた。「絶対に後悔するよ」と。

最初は母だっただろうか。ゆり香が夏休みの宿題をしないで遊びほうけていたりとか、翌朝、早起きしなければいけないのに、いつまでもテレビを見ていたりすると、そのお小言が発動される。

「あんたはいつだって、行き当たりばったりなんだから」という否定できない評価と一緒に。

だが、夏休みの宿題は最後の一週間頑張れば、なんとか終わらせることができたし、眠いながらも目覚ましが鳴ればちゃんと目は覚める。いつだってなんとか切り抜けられる。

大学のときは、演劇にはまって最低限しか学校に行かなかったのに、単位をひとつも落とさずに卒業できたし、就職活動もクラスでいちばん遅くはじめたのに、すぐに内定をもらった。そして、就職した企業の旧弊な体質に疲れ果てて半年でやめて、その後は派遣で働いているのに、まあ、それなりに困ることなく生きられている。

大学のときの友達――山口真美や澤悠子はときどき言う。

「ゆり香は要領がいいんだから」と。

そうかもしれない。冷静に考えてみても、ゆり香は飛び抜けて美人なわけでもないし、成績優秀なわけでもない。誰かに自慢できるような才能があるわけでもない。

ただ、要領がいいだけだ。

あまり、褒められたことではないということはわかっている。だが、なにもいいところがなくて、なおかつ要領も悪いよりはずっとましではないか。そう考えて開き直っている。


それでもときどき、『アリとキリギリス』の童話を思い出す。

ゆり香はキリギリスのように生きている。

三十を目の前にしても結婚もせず、派遣社員として職場を転々としている。

お金が貯まれば、休みをたっぷり取って大好きな旅行に行く。休みがもらえなければ仕事をやめてまで、日本を離れる。そしてまた戻ってきて働きはじめる。

今はいい。今なら仕事もあるし、生活には困らない。静岡に住む両親もまだ健在だ。

だが、二十年後、三十年後はどうなるのだろう。そう考えると胸がちりちりする。

四十を超えて、派遣の仕事が続けられるだろうか。両親が年をとって、介護の問題などが発生したら静岡に帰らなくてはならないだろうが、そちらで仕事はあるのだろうか。

か。

結婚もしないまま年をとり、両親もいなくなったとき、ひとりで生きていけるだろうか。

もちろん、この先ずっとひとりだと決まったわけではないが、どう考えても自分は結婚には向いていない。

そこそこ男性にはモテる方だと思う。派遣で新しい職場に行くと、かならずひとり以上からアプローチされるし、あまり途切れず彼氏はいる。だが、恋人と一年以上続いたことがないのだ。

三ヶ月か半年くらいで別れはくる。こういうタイプの人間が結婚に向いているとは思えない。

山口真美などは、大学四年間でひとりも彼氏を作らなかったのに、大学を卒業してつきあいだした男性と、そのまま結婚した。ゆり香の方がつきあった男性の数は多いけれど、本当に愛されているのは真美のような女性だ。

それはもうゆり香の体質のようなものだから、あきらめている。だが、将来の不安まではぬぐえない。

キリギリスのままでいいのだろうか。いつか手ひどいしっぺ返しを食らうのではないかと、いつも心のどこかで思っている。

不幸ではない。仕事もあって、好きな旅行に行けて、今も恋人がいる。真美や花恵や悠子など、大好きな友達だっている。

好きなように生きているのだから、不幸せなはずはない。

でも、今が幸せだから、三十年後に不幸になってもいいとまでは割り切れない。

澤悠子から電話がかかってきたのは、日曜の夕方だった。

「ねえ、ヒマ？」

彼女の誘いはいつも唐突だ。同じ友達でも、花恵や真美はこんなふうには誘えない。真美は結婚しているから、急には誘いにくいし、花恵も実家住まいの上、急な誘いにはいい顔をしない。

悠子が電話をかけてくるのは、自然とゆり香だけになる。

「ヒマじゃない。掃除してるけどなに？」

「ベルギービールフェスティバルっていうのをやってるの見つけたんだけど、行かないかなと思って」

「行く」

おいしいビールは大好きだ。普段は発泡酒で我慢しているが、ベルギービールには特に目がない。

「これからどう？」という誘いは、嫌いじゃない。むしろ好きだ。行きたい気分でなければ断ればいいのだし、急な話なのだから断っても友情にひびは入らない。何週間も前から相談をして、予定を摺《す》り合わせて会うのもいいけれど、なんだか人恋しいときに、恋人ではなく友達から「これからどう？」と声をかけられることほどうれしいことはない。

花恵はいきなり誘われても、心の準備ができていないと言っていた。少なくとも前日には言ってもらえないと、出かける気にならないのだと。本当に友達といえども、性格はばらばらだ。

ベルギービールフェスティバルをやっていたのは、ある商業ビルの屋外にあるイベントスペースだった。ベルギービールのメーカーが、それぞれテントを張り、紙コップでビールを販売する。ソーセージやポテトフライ、コロッケなどつまみになるようなものを販売するテントもある。

悠子は植え込みに腰を下ろしてビールを飲んでいた。ゆり香を見つけて手を振る。

「何杯目？」

そう尋ねると、悠子は大げさに目を見開いた。

「まだ二杯目だよう。そんなに飲んでない」

まあ、問題はこれからどのくらい飲むかだ。

ゆり香も自分の分のビールとポテトフライを買って、悠子のところに戻る。

買ったのは、日本で造られているビールより、アルコール度数も高く、味もしっかりしたお気に入りの銘柄だった。日本のビールのようにキンキンに冷やしてのどごしを楽しむものではなく、もっと味や香りのはっきりとした別の飲み物のような気がする。

日本ほど、暑くもなく湿度も高くない国のビール。

揚げたてのポテトフライを齧《かじ》ってから、ごくりと飲むと、一週間の疲れが溶けていくようだ。

「あー、極楽……」

夏とはいえ、夕方になれば心地いい風が吹く。こんな日に外でおいしいビールが飲めるなんて、素敵な人生のごほうびだ。

悠子が、ちょうだい、と言ってゆり香のポテトフライに手を伸ばした。

「ねえ、知ってる？　花恵、彼氏ができたって」

悠子に言われて、ゆり香は驚いた。

「知らない。どんな人？」

「同じ職場の年下の男子らしいよ。なんでもこの前、香港に行ったとき、その子も偶然向こうにいて急接近したとか」

「へえ……」

花恵はしっかり者だから、年下とは相性がいいかもしれない。

「でも、偶然ねえ。そんなことがあったらこれまで意識してなくても、意識しちゃうかも……」

悠子はカプリパンツの足を組んだ。

「それでね、真美が言ってたの。あのスーツケース、幸運を呼ぶスーツケースなんじゃないかって」

「あのスーツケースって、真美がフリマで買った青い革の？」

「そう。花恵、自分のスーツケースが急に壊れて、真美のを借りていったらしいの」

それはたしかに幸運のスーツケースだ。真美も好きな俳優に会えた上に、ハグまでしてもらったと大喜びしていた。

「いつでも、貸してくれるって言ってたよ」

そう笑う悠子の顔が、あきらかに「幸運」など信じていないような顔で、ゆり香も苦笑する。晴れ男だとか雨女などという戯《ざ》れ言につきあうような顔だ。

四人の友達のうちでは、ゆり香と悠子がどちらかというとシニカルで現実的な方だ。血液型占いも、おみくじも信じられない。

もちろん、真美だって心から「スーツケースが幸運を運んでくる」などと信じているわけでもないだろう。

強いて言うのなら、真美や花恵は、占いを鵜呑《うの》みにはしないが、神社ではお守りを買うタイプで、悠子やゆり香はお守りすら買わないタイプの人間だ。

だが、あのスーツケースはとてもきれいだった。夏の空みたいに鮮やかなブルーで、もし、ゆり香が見つけていても買っていたかもしれない。

よく考えれば、ゆり香には必要のないものだから、買わなくてよかった。

旅は好きだ。休みがあればどこかに出かけるし、休みがなければ休暇を無理にでも作って海外に行く。

だが、ゆり香の旅は公共交通機関を使い、安宿のドミトリーに滞在するような旅だ。だからこそ、派遣社員の給料でもしょっちゅう出かけられるのだけれど、スーツケースは必要ない。

日本では着ないような、ぼろぼろのTシャツとチノパンで、現地の人が乗るバスにすし詰めになって移動し、ドミトリーの二段ベッドで眠る。

なぜ、あえてそんな苦行のような旅をするのか、と聞く人がいるが、ゆり香にとっては苦行でも何でもない。

いちばん大きな理由はもちろん、お金がないことだが、もしお金があったらタクシーで移動して、高級ホテルに滞在するかと聞かれると、首を横に振るだろう。

旅に出れば、日本にいるときの自分を脱ぎ捨てられる。

アイロンのかかったシャツ、きちんとカーラーで巻いた髪、ストッキングとパンプス。本当は少しも似合わないのに、仕方なく身につけているものを全部捨てて、日焼け止めのみの素顔で、現地で買ったぺらぺらの服を着て素足に安い靴をはいて歩く。

それだけで、気のあわない同僚たちとのいざこざや、つまらない仕事、上司のぎりぎりアウトなセクハラジョークなどを忘れ去ることができる気がするのだ。

現地の人たちが行くような食堂で、ことばが通じないながらも悪戦苦闘して、料理を注文するのも楽しい。

近くのテーブルの人たちと友達になり、一緒にお酒を飲むことだってある。

もちろん、あえて危険な行動をしたり、見知らぬ男性について行ったりするわけではないけれど、旅は冒険でもある。ホテルの部屋に引きこもっているだけでは楽しくない。いろんなところに行き、普通の人がしない体験をしてみたい。

しかし、旅の話をしたときの、まわりの人たちの反応が少しずつ変わりつつあることには気づいている。

大学生のときや、二十代前半のときはにこにこ笑って聞いてくれていた友達も、最近ではどこか苦笑いのような顔になる。

去年はラオスに行ったのだが、しょっちゅう故障したり、エンジンオイルが漏れたりするバスを利用した。狭いマイクロバスの座席で、尻の痛みと振動に耐え続けたが、一緒に乗っていたオランダ人やフランス人旅行者と仲良くなったりして、楽しかった。同い年の従兄弟にその話をしたとき、彼は少し困ったような顔になった。

「どうしたの？」

「いや……そういうの、もういいんじゃない？」

そういうのってなんだろう。戸惑っていると、彼はこう続けた。

「そんなの若者がやることだろ。いい年してさ、いい加減落ち着いたら？」

一瞬、身体が凍り付いた。

彼に反論するのは簡単だ。だが、ゆり香が旅の話をしたときに、同じような顔をした人はこれまで何人もいた。

つまり、彼と同じように感じる人たちは、たくさんいるのだ。

彼は身内だからはっきりと言う。他の人は心で思うだけで口に出さない。それだけの違いだ。

ゆり香は嫌な記憶を頭から追い出すために、ビールをごくごく飲んだ。

紙コップを横に置いて、悠子に尋ねる。

「悠子は、夏休みあるの？」

「ないよー。貧乏暇なし。パリに取材に行くけどね」

悠子はフリーライターだ。旅行に関する記事なども、担当することが多いと聞く。

「いいじゃない。うらやましい」

「嘘ばっかり。ゆり香はパリなんて興味がないでしょ」

「興味がないわけじゃないけど、お金かかるじゃない」

それに、パリだとかローマだとかはたくさんの日本人が旅行先に選ぶ街だ。多くの人が見るものなら、ゆり香ひとりくらい見なくてもいいんじゃないかと思う。あまのじゃくなのだ。

「ゆり香は夏休み、どこかに行くの？」

「夏は飛行機代が高いから、どこも行くつもりはなかったんだけど……アブダビに行くかもしれない」

　悠子の目が、何度もまばたきをした。

「アブダビ……って聞いたことはあるけど、どこ？　アフリカ？」

「中東。ドバイは知ってるでしょ。ドバイと同じ、アラブ首長国連邦の国よ」

「ああ、なるほど。危なくないの？」

「観光にも力を入れてるし、裕福な国だからね。治安はいいよ」

　過去にもっと治安の悪い国を訪れたこともある。

「へえ、でも、ゆり香っぽくないね」

　そう言った悠子の直感は正しい。アブダビに行こうと言い出したのはゆり香ではない。


「夏に一緒に旅行に行かないか？」

　そう言い出したのは恋人の余田環《よだたまき》だった。

　まあ恋人と言っても、つきあいはじめてからまだ二ヶ月しか経っていない。今のところは順調でデートも楽しい。

　五つ年上の余田は、夕食のレストランもきちんと下調べしてくれるし、万事においてそつがない。ゆり香に財布を出させるようなこともない。

これまでの彼氏は、デートも割り勘だったり、行く店をゆり香に決めさせたりする人がほとんどだったから、なんだか新鮮だ。おごってくれなければ嫌というわけではないが、おごってもらえれば素直に感謝する。

商社に勤めている彼とは、派遣仲間に連れて行かれた異業種交流会という名の合コンで知り合った。旅が好きだという共通点があり、すぐに意気投合した。しかも、余田もゆり香と同じように、メジャーな観光地より、マイナーな土地を訪ねるのが好きらしい。

「すごい！」とか「さすが」という相槌が、合コンの必勝ワードだという話は知っていたが、これまでは意識して使っても、自然に口から出たことはなかった。

だが、余田がトルクメニスタンの「地獄の門」を訪れたと言ったときに、自然にこう言っていた。

「すごい！　わたしもいつか行ってみたいと思っていたんです」

地獄の門は、砂漠の真ん中にぽっかりと空いた穴で、その中では火がごうごうと燃え続けている。なんでも有毒ガスが地下から噴き出していて、それを燃焼させるために火をつけたのだが、四十年経っても有毒ガスは尽きず、火は燃え続けているのだという。

話をするうちに、彼はダイナミックな絶景に興味があるタイプだとわかった。ボリビアのウユニ塩湖《えんこ》とか、南アフリカのケープタウンなども訪れたことがあるという。

バックパックひとつで、安宿に滞在して、現地の人と友達になるようなゆり香の旅行スタイルとは違うが、それでも旅と言えば、ワイキキやパリで買い物をすることだと思っている人たちよりは、自分に近い気がした。

それに彼の旅の話は、聞いていて楽しい。いつか、ゆり香も行ってみたいような気持ちになる。

彼が、その旅の計画を切り出したのは、つきあいはじめて一ヶ月経った頃だった。

「夏休み、アブダビに行こうと思うんだけど、一緒にこないか？」

砂漠に行ってみたいという気持ちはあったけれど、アブダビというのが正直ぴんとこなかった。

ドバイと同じように高層ビルが建ち並ぶ豊かな産油国。ゴージャスなホテルにも、ショッピングにも興味がないから、最初はどう答えていいのかわからなかった。

だが、余田は続けてこう言った。

「アブダビには、鷹匠《たかじょう》がいて、観光客も一緒に鷹を飛ばしたりできるんだよ」

鷹。今は飼っていないが動物は大好きだ。砂漠で、鷹を手に止まらせたり、飛ばしたりできるなんて、そんな機会はめったにない。

それにもうひとつ。イスラム教の国は、女性ひとりで旅をするのが難しい。エジプトやトルコに行ったことがあるが、どちらもナンパが多くて、ぐったりと疲れてしまった。痴漢にも何度かあった。大多数は礼儀正しい人たちだが、日本人女性は性に奔放だというイメージを持っている人がいるのだと聞いた。

彼と一緒ならば、煩わしい思いをせずに楽しむことができるかもしれない。

いつ別れることになるかもわからないし、そうなると次の恋人が旅行好きであるという保証はない。

まだつきあっている最中なのに、こんなことを考えてしまうのは、恋愛にスレているということなのだろうか。ゆり香は自分から浮気をしたこともないし、二股をかけたこともない。

ただどこか恋愛においては淡泊で、なにかの拍子に関係がぎこちなくなると、自分から距離を置いたり、別れを切り出したりしてしまう。

別れた後もあまり引きずらない。

また、あまり苦労もせずに、次の相手が見つかるせいで、一度つかんだ人をどうしても離したくないという気持ちも起こらない。

──こういうところも、キリギリスっぽいんだよね。

ゆり香自身は、自分が奔放とも、恋愛体質だとも思わないが、結果的にそんなふうに見えてしまうことは否定できない。

ともかく、ゆり香は余田と一緒にアブダビに行くことにした。

「サプライズだから」

そう言って彼は、旅程も泊まるホテルも教えてはくれなかった。不満に思わないわけではなかったが、ゆり香に決定権がないのだから、ホテル代などは彼がもってくれるのだろう。だったら、そのくらいは我慢する。

準備をしながら、気づいた。

余田のことだから、安宿ということはないだろう。だったらバックパックで行くのは不似合いかもしれない。

ふいに、ゆり香の頭に、ブルーのスーツケースが浮かんだ。

ゆり香は迷わず携帯電話に手を伸ばし、真美に電話をかけた。


空港からホテルに向かうタクシーの中で、目に飛び込んできたのは青い海だった。

砂漠のイメージが強すぎて、海、しかも砂浜があるなんて想像もしていなかった。だが、地図を思い出してみると、アブダビはアラビア湾に面している。目の前の光景は、発展したリゾート地のようだ。

高層ビルも林のように建ち並んでいる。

都会だが、行き交う男性たちは裾の長い衣服を身につけている。女性も身体をすっぽり覆う黒いワンピースのような物を身につけて、頭にも布をかぶっている。暑苦しそうだが、紫外線を防ぐことができるのはいいかもしれない。

急にタクシーに乗っているのがもどかしくなる。

あの中を歩き、バスなどで移動したら、もっとこの街に親しみが感じられるのに、冷房の効いた車内から眺めるだけだなんてもったいない。

意外にも、ショートパンツスタイルの欧米人の女性なども歩いている。ムスリムの多い国だから、ゆり香は長袖のゆったりした服装を選んだが、気にしない旅行者も多いのかもしれない。

ドバイほどではないが、アブダビにも外国人は増えているというから、他のイスラム教の国よりは開放的なようだ。

夕方の礼拝の時間なのだろう。礼拝を呼びかけるアザーンが聞こえてくる。日本にはない音の響きと、美しい声。アラビア語も聞き取れないしイスラム教についてもよくわからないが、トルコにいたときも、この声にはいつも聞き惚れた。

到着したホテルは、ビーチのそばにあるアメリカ資本の高層ホテルだった。

たぶん、快適なのだろうと思うが、少しがっかりする。アメリカでもハワイでも、ヨーロッパでもなにも変わらないサービスと、内装。きっと朝食やルームサービスも西洋式なのだろう。

高層階のホテルの部屋は海に面していた。

美しい景色だが、あまり心は動かされない。さきほどのアザーンの方がよっぽど胸に響いた。

外に行きたい。強い衝動がわき上がってくる。はじめて訪れた国をこの目で見て回りたい。

「ひと休みしたら、散歩に行かない？」

そう言うと余田は眉間に皺を寄せた。

「さすがに、長時間のフライトで疲れたよ。勘弁してくれないか？」

「じゃあ、ひとりで行ってくる」

ゆり香のことばに、彼は顔をしかめた。

「駄目だよ。ここはイスラム教の国だ。女性ひとりで歩くものじゃない。しかももう夕方だ」

じゃあ、今日はホテルに閉じこもったままなのだろうか。たった四日しかいないのに、時間がもったいない。

余田の言うこともわからなくはない。でも、だったら一緒に散歩につきあってくれればいいのにと、思ってしまう。

とはいえ、旅行初日から喧嘩をしてしまうと、後がつまらなくなる。ゆり香は言いたいことを呑み込んだ。

話題を変えるために、尋ねた。

「夕食はどこに食べに行く？」

余田はさらりと答える。

「ホテルの中にイタリア料理店があるから、そこに行こう」

翌朝の朝食は、やはり西洋式のビュッフェだった。

それでもナツメヤシの実や、フムスというひよこ豆のペースト、アラブ風の平たいパンなども並んでいて、ゆり香は少しほっとした。そういうものを選んで皿に盛り合わせる。

テーブルに戻ると、余田はすでにバターを塗ったトーストを食べていた。彼の前の皿にのっているのは、オムレツとベーコンだ。

エジプトで食べて好きになったひよこ豆のコロッケをナイフで切っていると、余田は身を乗り出した。

「それはなに？」

「ファラフェルって言うの。ひよこ豆をすりつぶして揚げたもの」

余田はなぜか妙な顔になった。

「ひとつ食べる？」

そう尋ねると余田は掌をゆり香に向けた。

「いいや、やめておく。豆はあまり好きじゃない」

ゆり香はくすりと笑って、フムスののった皿を指さした。

「これもひよこ豆のペースト。エジプトに行ったときもみんな食べてたわ」

「エジプトにも行ったのか。危なくないのか」

「政変の前だったし、別に平気」

フムスを平たいパンにのせて食べる。

「豆ばっかりだな」

「それを言ったら日本人の食卓だって豆ばっかりじゃない？　豆腐に醬油、納豆に味噌……」

「それはまた違うだろう」

そうなのだろうか。他の国の人から見たら、和食だって同じように見えるのではないだろうか。

そう言いたかったけれど、議論みたいになるのもよくない。

「イスラエルでもフムスが出てきたわ。向こうの人たちにとってソウルフードみたい」

彼は、ふうん、と言っただけだった。


その日の朝は、ツアーで鷹を見に行った。

彼は、鷹を飛ばしたりできるようなことを言っていたが、実際には鷹のための病院を見学して、鷹匠が鷹を飛ばすのを見ることしかできなかった。

それでも、普段は見られない鷹を近くで見られるのは楽しい。

鷹は想像していたより小さくて、そして賢そうな目をしていた。風を切るように遠くまで飛んでいったかと思うと、また鷹匠の腕に戻ってくる。

アラブ料理のレストランで昼食をとった後、モスクを見てからホテルに戻ってきた。日中は五十度近くまで気温が上がるから外にいては消耗してしまう。

「ホテルのスパでも行ってきたら？」

余田にそう言われたが、あまり気が乗らない。

「夜はどうするの？」

「フェラーリのテーマパークに行こう。世界最速のジェットコースターがあるらしい」

正直なところ、少しも興味がわかない。テーマパークで時間を使うくらいなら、街を歩きたい。だが、余田がそこに行きたいのだとしたら、文句を付けるのは可哀想だ。代わりに提案してみた。

「ねえ、夕食は街のレストランに行ってみない？」

「いやだよ。アラブ料理は昼に食べただろう」

たしかに食べられたが、観光客向けのやたらに広くて真新しいレストランだった。内装はアラブ風だったが、どこかわざとらしい。見渡せば客はすべて団体で、地元の人などひとりもいなかった。

「このホテルには、他に中華レストランと、和食のレストランがあるから、今日は和食、明日は中華でいいじゃないか」

そして明後日にはもう日本に帰る。ゆり香は口をつぐんだ。

「それに、外のレストランではビールが飲めないよ。ここはイスラム教の国なんだから。きみもビールは飲みたいだろう」

たしかに、焼け付くように暑いからビールを飲みたくなる。だが、ビールなら日本でも飲める。

「わたしは飲まなくても大丈夫だけど……」

「俺は嫌だね」

この人にとっては、街の空気を感じることより、ビールが飲めることの方がずっと大事なのだ。そう気づいて寂しい気持ちになる。

ごろりとベッドに横になってしまった彼を横目で見て、小さなためいきをついた。窓の外には絵はがきのような美しいビーチが広がっていたけれど、できることなら先ほどタクシーで前を通った市場《スーク》を歩いてみたかった。

フェラーリのテーマパークよりも見たいものはたくさんあるのに、そこには行けないのだ、と思うと急に悲しくなった。

翌朝はアル・アインという街に行くことになった。世界遺産に登録されていて、美しいモスクやラクダ市があるらしい。

ラクダ市と聞いて、ゆり香の機嫌も直った。もともと、旅先では真っ先に市場を訪れる。いちばん楽しいのが食料品を売る市場だが、それ以外の市場も楽しい。中国では豚や鶏を売る市場を見て歩いたこともある。

早朝の涼しいうちにホテルを出て、ガイドの運転する四輪駆動車でアル・アインに向かう。

アル・アインは砂漠の真ん中にあるオアシスの街だ。当然、砂漠の中を走ることになる。

日本とはまったく違う乾いた景色に、ゆり香は見とれた。

余田は早々に眠ってしまったから、ガイドの青年と英語で話をする。山の名前を聞いたり、おいしいレストランを教えてもらったりした。

二時間ほどで車はアル・アインに到着した。ガーデンシティと呼ばれるだけに、街にはナツメヤシが生い茂り、広場には大きな噴水があった。

アブダビほど発展していない代わりに、アラブの街らしい勇壮さがある。ゆり香は一目で気に入ってしまった。

最初に車は博物館に到着した。赤土の砦《とりで》が、物語の中から飛び出してきたようだ。

余田はあまり喋らなかった。少し疲れているのかもしれない。

余田とガイドとは四十分後に砦の前で待ち合わせをする約束をして、ゆり香は自分のペースで見学をすることにした。

遺跡からの発掘物、ベドウィン族の民族衣装など、知識はないが見ていて心が躍る。

充分に楽しんで、ちょうど四十分後に博物館を出るが、砦の前には誰もいなかった。

余田はまだ見るのに時間がかかっているのかもしれないが、ガイドは時間通り待っているものではないだろうか。それともこの国の人々は、時間にルーズなのだろうか。

戸惑いながら、日陰に入ってふたりを待つ。だが、十分、二十分経ってもふたりはやってこなかった。

さすがにおかしいと思う。駐車場を見に行くと、乗ってきたはずのガイドの車がない。

ゆり香は携帯電話を取りだした。幸い、この国はゆり香の携帯電話がそのまま使える。余田の携帯も同じ業者だから、通じるはずだ。

電話はつながらない。いったいどうしたのだろう。

なにかの間違いかと思って、もう一度博物館に戻った。受付で半券を見せて事情を話すと、もう一度中に入れてくれた。

博物館中を探し回る。男子トイレの前で名前を呼んでみる。だが、余田もガイドもどこにもいなかった。

信じられなかった。まさか置いてきぼりにされたのだろうか。

呆然《ぼうぜん》と立ち尽くす。なにか彼を怒らせるようなことをしてしまったかもしれない。だが、だからといって、置いてきぼりにするなんてあんまりだ。

もう一度、電話をかけてみたが、やはりつながらない。

気持ちを落ち着ける。これまでにも旅先でトラブルに巻き込まれたことはある。交通スト、スリ、ぼったくり。そのたびに、何度も自分に言い聞かせた。生きて帰れば成功だ、と。そういえば、はじめての海外旅行に怖じ気づいている真美にもそう言った気がする。

深呼吸をして考える。財布の中には少しのディルハムと、それなりの日本円が入っている。パスポートもクレジットカードも持っている。帰りの航空券だってあるから、出発時刻までにアブダビの空港に着けば、日本には帰れる。

博物館を出て、しばらく歩くと市場を見つけた。そこでスカーフを一枚買って、それで髪を覆った。ゆり香の旅のルール、「旅先では、その土地で買った物を身につける」だ。

それからスカーフを売っていた男性に、「アブダビに戻るバスはないだろうか」と英語で聞いてみる。彼は英語は喋れないらしく、困ったような顔になった。ガイドブックは、博物館では必要ないから車の後部座席に置いてきてしまった。痛恨のミスだ。

他にも何人か通りすがりの人に声をかけてみるが、あからさまに避けられてしまう。博物館まで戻った方がいいかもしれない。あそこの職員は英語が通じた。そう考えたとき、携帯電話が鳴った。急いで出る。

「やあ、元気かい」

余田の声だった。感情を落ち着けて怒りを出さないように尋ねる。

「今どこにいるの？」

「アブダビに帰る車の中だよ」

平然とそう言われて絶句する。彼は続けた。

「きみは鼻持ちならない女だ。自分が英語ができることをひけらかして、ガイドとぺらぺらお喋りする。あそこに行った、ここにも行ったと、旅行経験が豊富なことを自慢する」

驚きのあまり返事ができない。

「せっかくホテル代を負担してあげたのに、感謝もしないどころか退屈そうな顔をする。フェラーリのテーマパークでも、きみはうんざりしているように見えた」

そう、たしかにうんざりしていた。思い通りの旅ができないことや、行きたいところに行けないことに。それは認めざるを得ない。

「それは申し訳なかったわ。ごめんなさい。でも、自慢したつもりでは……」

彼だって、自分の旅行の話をよくしていた。だから、同じように自分の話をしたつもりだったのだ。

だが、彼は無視して話を続けた。

「そんなに旅の経験が豊富なのが自慢ならば、そこからひとりで帰ってくればいい。できるんだろう。いろんな国を公共交通機関を使って旅したんだろう？　そんな程度のことで、ただの派遣社員がいい気になるんじゃない」

そう言って電話は切れた。

まるで殺菌されるような強い日差し。風がないのに、ほこりっぽい道。

世界がぐるぐるとまわった。

彼がゆり香に失望したなら仕方がない。退屈していたのは事実だ。

だが、自分の話をしただけでそんなふうに言われるとは思わなかった。

思えば、最初に会ったとき、ゆり香は余田の話に目を輝かせて聞き入った。だから彼はゆり香のことを気に入ったのだろう。

珍しい旅先の話を聞き終えてしまえば、もう「わあ、すごい!」などと言うことはない。ゆり香はもともとそういうタイプではない。

彼のことばは理不尽で横暴だが、まったく真実がないわけではない。ゆり香にとって、いろんな国を訪れて、過酷な環境をやり過ごして、無事に帰ってこられたことは誇りだった。彼の言う通り、それは本当に「そんな程度のこと」なのに。

誰かを助けたわけでもなく、社会に貢献したわけでもない。バックパッカーといっても、結局は日本人のよく行くような土地を、選んで旅しただけだ。人跡未踏の地に足を踏み入れたわけではない。

その気持ちが彼に伝わってしまったのだろう。

急にめまいがして、ゆり香はその場にしゃがみ込んだ。悠子のことばを信じなかった報いか、借りてきたスーツケースは幸運のスーツケースにはならなかった。

そんなことまで悲しく感じられた。

ふいに、肩に柔らかな手が触れた。顔を上げると、民族衣装であるアバヤを着た若い女性がゆり香の横にしゃがみ込んでいた。

「大丈夫? 具合が悪いの?」

流暢な英語だった。頭から足の先まで黒い布に包まれていて、見えるのは顔だけだが、くっきりとした眉と瞳が印象的な美しい人だった。

「大丈夫。でも、連れとはぐれてしまって。アブダビに帰らなければならないの」

「バスがいい？　それともタクシー？　案内するわ」

「バスがいいわ。お金があまりないの」

そして急いでいるわけではない。彼女は頷いて、ゆり香の手を引いて立ち上がった。

バス停に向かう道すがら、彼女と話をした。

日本人だと言うと、彼女は目を輝かせた。

「テレビで見たことあるわ。とてもきれいで神秘的な国ね」

「わたしにとっては、この国がきれいで神秘的に思えるわ」

そう言うと彼女は口元をほころばせた。

アブダビは新しい国だと聞いていたし、街を見てもなにもかもが真新しかった。だが、先ほど博物館で見た中には、紀元前四〇〇〇年のものだと言われる展示物もあった。気の遠くなるような歴史をこの土地も紡いでいる。

バス停にはすぐ到着した。彼女はアブダビまで戻るバスの時刻表まで見てくれた。

「二十分後にくるわ。日陰に入って待っているといいわ」

「どうもありがとう。本当に助かった」

「いいのよ」

彼女は、ゆり香の頭に目をやった。

「あなたムスリムじゃないんでしょう」

「ええ、違うわ」

「だから、うれしくなったの。あなたは旅行者だけど、長袖の服を着て、身体の線を出さず、そうやってスカーフで髪を隠してる。わたしたちの文化を尊重してくれている。そういうことでしょう」

恋人でセックスまでしていても、自慢話が多いと置き去りにする人間がいる一方、なんの見返りもなく、こうやって親切にしてくれる人がいる。

どちらを思い出にして、どちらを忘れればいいのかは明白だ。

バスが出発する。彼女が手を振ってくれる。

ふいに思った。これから、ゆり香はアブダビやアル・アインという地名を聞くたび、彼女のことを思い出すだろう。これまでもそうだった。

いろんな国の、いろんな出会い。いろんな笑顔と思い出。土地の名前と、その思い出が重なってかけがえのないものになっていく。

土地にとって、ゆり香はただの旅人にすぎない。いなくてもかまわないし、なんの爪痕も残せない。

でも、ゆり香にとっては違うのだ。

たしか、『星の王子さま』で、語り手が言っていた。彼は王子さまを好きになったから、これから星を見るたびに王子さまの笑顔を思い出すのだ、と。

何億という笑う星。それ以上素敵な宝物なんてない。


ホテルの部屋のインターフォンを押すと、余田の間の抜けた返事が聞こえた。

ドアを開けてぎょっとした顔になる。まさか、ゆり香がこんなに早く帰ってくるとは思っていなかったのだろう。

ゆり香は言った。

「荷物ちょうだい。わたしのブルーのスーツケース。あと、クローゼットにワンピースがかかってるからそれも……」

「じ、自分で持っていけば？」

そう言うから、余田を押しのけて中に入る。ワンピースをスーツケースにしまい、他に忘れ物がないか確かめる。

余田が言った。

「謝るのなら、許してやっても……」

最後まで聞く気はない。

「けっこうです。もう別のホテル見つけたから、そっちに泊まります」

彼の目が丸くなる。荷物を持ってホテルを探すのは面倒だから、バスを降りてここまでくる途中に決めてきた。

「じゃあ、さようなら。もう電話しないでね。それから空港や飛行機内で出会っても無視して」

ゆり香は、そのままスーツケースを引いて、部屋を出た。

エレベーターを下りて、ロビーに出ると、目の前に大きな鏡があった。

それを見て、はじめて気づいた。先ほど買ったスカーフの青と、スーツケースの青があつらえたように同じ色で、調和していた。

なんとなく晴れやかな気持ちになる。明日の午後には帰国するから、時間はほとんどないけれども、きっと残りの時間はこの国を満喫できるだろう。

第四話　背伸びする街で

アナウンスが気怠《けだる》げなフランス語でなにかを告げた。

大学のとき、第二外国語でフランス語を選択していた。それきりちゃんと勉強していないからなにを言っているかは聞き取れない。

ようやくわかったのは、ディズヌフという数字だけ。たしか十九だったと思う。搭乗ゲートの変更か、出発する飛行機になにか変更があったのか。

澤悠子は今、シャルル・ド・ゴール空港に到着したばかりだから、特にアナウンスに気を払う必要はない。

だが、むやみに色っぽいフランス語を聞くと、パリを再訪できたのだ、という喜びに浸れる。

十代の頃から憧れていて、はじめて訪れたのは大学生のときだ。パリは外国人によそよそしいとか、どんなに憧れていた人でも実際に訪れると大嫌いになるとか、そんなことを聞いていたけど、悠子には当てはまらなかった。

それは恋だ。一度で恋に落ち、そこから十年経っても醒めない。

もっとも、せいぜい、一年に一度しかこられない。織姫と彦星みたいな恋だけど。

ターミナル1の入り組んだエスカレーターに乗りながら、この先のことを考える。ここから、バスでパリ市内まで行き、そこから地下鉄に乗り換えてやっと予約したホテルに到着する。

正直、エコノミーの座席で、乗り継ぎも含めて十四時間も揺られた身体は、早くベッドに入りたいと訴えている。だが、タクシーを使えるほど裕福ではない。空港からパリ市内まで向かうと、六十ユーロ近くになる。往復だと百二十ユーロ。今のレートだと一万五千円近くになってしまう。

お金のことを考えると憂鬱だった。

パリへの恋は、高嶺《たかね》の花への恋と同じだ。友達の花恵みたいに、香港だとか、台湾などを好きになれたらよかったのに、といつも思う。

航空券は格安を使っても七、八万はかかってしまう。ホテルだって、安くはない。不便でない場所で快適なホテルは、一泊百ユーロ以下ではなかなかない。パリ郊外の不便な場所にホテルを取ればもう少し安くはなるが、それはそれで難しい。

貴重な時間を有意義に使えなければ本末転倒だ。今回だって、パリに滞在できるのは四泊五日だ。その間に、取材しなければならない店がたくさんある。効率よく回らなければならない。

そう、パリにきたのは、遊ぶためではない。ときどきライターの仕事をしている女性雑誌でパリの特集を組むことになり、取材と執筆を頼まれたのだ。

今回、悠子が担当するのは、パリのパン屋だ。実際に記事を書かなければならない店舗数は八つ。だが、本当においしい店を厳選するためには、その倍は最低でも回らなくてはならないだろう。

尊敬するグルメライターの女性は、記事にする数の三倍は取材すると言っていた。だとすれば、二十四軒。正直、四泊五日ではかなり厳しい。一日目の今日はもう夜で、最終日は昼前にパリを発たなければならない。取材に使えるのはたった三日だ。

そのことを考えるとためいきが出る。

去年、同じ雑誌の仕事で取材にきたときは、フランス人の友達であるマリーのアパルトマンに泊めてもらった。

だから一週間ゆっくり滞在できたし、満足できる記事が書けた。

宿泊費がかからなかったから滞在にかかる経費も少なくてすんだ。

今回は違う。ホテルに泊まらなければならないから旅費を差し引いてしまえば、原稿料はほとんど残らない。取材費なども原稿料に含まれるという契約になっているから、ほぼ赤字と言っていい。

それでも悠子はこの仕事がやりたかった。


運の悪いことに、バスは渋滞に捕まった。

普通なら一時間でパリ市内に到着するのに、一時間半もかかり、悠子は心底疲れ果ててしまった。

ようやくホテルにチェックインして、部屋にあがると、そのままベッドに倒れ込んだ。

日本のビジネスホテルよりも狭い部屋には、ベッドと小さな机がひとつあるだけだった。ベッドだって、長身の悠子では、足がはみ出してしまうほど小さい。

時間は夜八時を回っているが、夕食を食べに行く気にもなれなかった。

ごろんと横になって、マリーのアパルトマンのことを考える。

彼女の住むアパルトマンだって狭かった。ベッドルームはふたつあったが、彼女はソフィーという友達とルームシェアをしていて、悠子が眠るのはリビングルームのソファだった。

だが、それでも人の住む部屋にはホテルとは全然違う温かさとくつろぎがある。

部屋でコーヒーを飲むこともできるし、バスルームにはちゃんとバスタブもあった。マリーは悠子が空腹でないか確かめて、悠子のためにハムやチーズを切り、バゲットと一緒に食卓に並べてくれた。

もちろん、それはマリーの好意で、それに甘えるのが当然だとは思っていない。

だが、去年帰るとき、マリーは悠子を抱きしめて言ってくれたのだ。

「また遠慮せずにきてね。ここを悠子の部屋だと思ってくれていいのよ」

だが、今回、パリに行くことになったとメールをしたとき、ひどくそっけない返信がきた。

「わたしは遅いバカンスでマルタ島に行くの。また次の機会にね」

タイミングが合わないのだから仕方ない。そう自分に言い聞かせても、胸のつかえは下りない。

二年前、マリーが仕事でパリを離れるときと、ちょうど悠子の訪仏が重なった。マリーは快く、鍵を管理人に預けて部屋を使わせてくれたのだ。

わかっている。そのとき使わせてくれたから、今回も使わせてくれるのが当然だとは思わない。だが、マリーになにか失礼なことをしてしまったのかもしれないと思わずにはいられないのだ。

二年前、マリーと一緒に暮らしていたのは、大柄なオランダ人のクララで、英語が喋れるクララとは話が合った。だがソフィーはフランス語しか喋れないから、あまり話ができなかった。ソフィーが、マリーがいないときに悠子が部屋を使うことを許さなかったのかもしれない。

マリーと知り合ったのは五年前だ。どきどきしながら、はじめてひとりで訪れたオベルカンフのクラブで、彼女に声をかけられた。その日は遅くまで彼女と英語でお喋りをして、お酒を飲んだ。翌日も彼女の家で夕食を食べた。

そしてメールアドレスを交換し、ときどき写真を送り合ったり、近況を知らせるようになった。次の年からは、マリーの部屋に泊めてもらうようになった。

好きな街に友達がいるというのは素敵なことだ。

ひとり旅でも食事を共にする相手がいれば、寂しくはない。他の土地よりも、友達がいる街の方が身近でいとおしく感じられる。

せっかくパリにきたのに、マリーに会えないのは残念だ。

寝返りを打つと、青い革のスーツケースが目に入った。友達の真美から借りてきたものだ。

自分のスーツケースは持っている。だが、持ち主の真美だけでなく、これを借りた花恵やゆり香まで、「幸運のスーツケースだ」なんて言うから、つい借りてきてしまったのだ。

——本当に、幸運を運んできてよ。

こんなことにも縋《すが》りたい気分になるのは、今、悠子をとりまく環境が八方ふさがりだからかもしれない。

この間、ゆり香と飲んだときは、いかにも余裕があるように振る舞って、「パリに取材に行くの」なんて言った。嘘をついたわけではないけれど、現状はそのことばのイメージからはほど遠い。

ライターとして、主に仕事をしていた雑誌が休刊してしまい、今やっている仕事は賃貸情報誌とか、企業のPR誌ばかりだ。書きたいことや、取材して本にしたいことはたくさんあるのに、それを書かせてくれる場所がない。

ほとんど赤字ともいえる、このパリ取材を受けたのも、この女性誌とのつながりを失いたくないからだ。今回はお金にならなくても、ここで評価されて、次につながれば損ではない。

そう前向きに考えても、なにかがひたひたと近づいてきているような気がする。

大昔のパニック映画のように、石の壁が少しずつ四方から押し寄せて、逃げ場が見つからない。

なぜだろう。大好きな街だというのに、パリにきた日はいつも憂鬱になる。

翌朝の目覚めはさわやかだった。

夕食を食べずに眠ってしまったから、お腹は空っぽで、その分身体が軽い。ぐっすり眠ったせいか、フライトの疲れも取れている。

時計を見ると、六時過ぎだ。パン屋は七時頃から開いているから、早めに支度して取材に行かなくてはならない。

これだけ空腹だと、地下鉄に乗ってパン屋まで行くよりも、ホテルの朝食を食べたいが、滞在日数が短いから、一食も無駄にできない。

ホテルの朝食でお腹を満たすわけにはいかないのだ。

財布やガイドブック、ペンなどは斜めがけのショルダーバッグに入れて、もうひとつエコバッグを持つ。中にはジップロックや、ワックスペーパーなどが入っている。毎回、買ったものを全部食べていては、満腹になって取材に差し障る。残ったものはジップロックに入れたり、ワックスペーパーに包んで持って帰るしかない。

持って帰っても、結局他にもパンを買うのだから、捨ててしまうことには違いないが、食べられるものをすぐにゴミ箱に入れるよりは罪悪感は少ない。

なにより、ホテルに帰って原稿を書くときに、味を確認できる。

とりあえず、評判のいいパン屋は、インターネットやグルメ雑誌で二十軒ほど調べてきている。マリーもメールで何軒か教えてくれた。

空腹だから一軒目はホテルに近い、カルチェラタン、ムフタール通りのパン屋に行くことに決めた。

お腹を落ち着かせてから、今度はパリの外れ、ガンベッタあたりの店に行こう。

遠い店をすませてしまえば、後が楽になる。

目標は今日一日で十軒。車で回ればそう大変でもないかもしれないが、地下鉄と徒歩ではなかなか厳しい。前回のときは、一日に六、七軒でくたくたになってしまった。

だが、早めに取材を終わらせることができたら、後は自分のための観光や買い物もできる。

そう思うと、気分も前向きになってくる。

取材用のノートをチェックしていると、欄外にメールアドレスと電話番号が書いてあることに気づいた。

なんだっけ、と考えて、すぐに思い出す。

従姉妹が、今パリに留学しているから、時間があるようならメールでもしてみたら？と花恵が連絡先を教えてくれたのだ。

連絡するかどうかはまだ決めていない。

栞《しおり》という名前と、二十六歳だということは聞いていた。パン屋のことについて聞いてみてもいいし、予定が合えば食事に誘ってみてもいいが、花恵の従姉妹とはいえ見知らぬ人に連絡を取るのは、少し気が重い。

スケジュールがぎりぎりだから、連絡する時間はないかもしれないとあらかじめ言ってある。

もし、栞がこっちで仕事をしていたり、結婚してるのなら、無理にでも時間を作って会いたいと思ったかもしれない。だが留学なら、次に悠子がパリにきたときには、もう帰ってしまっているだろう。

とはいえ、もしかするとおいしいパン屋を知っているかもしれない。後でメールだけでもしてみよう。

取材ノートをエコバッグに入れて、ベッドから立ち上がる。窓の外を見るとどんよりと曇っていたが、別にかまわない。

パリは曇りの日こそ美しい。

一軒目の取材はうまくいった。

店もすぐに見つかったし、混み合っていなかったから、若い女の子の店員に英語でいろいろ聞くこともできた。

フランス人は英語を話さないと言う人は多いけれど、悠子の知る限り、若い人はこだわりなく英語を話してくれる。

日本人が、「パリの人は英語を話してくれない」などと言うのは、あまりに自分たちのことを棚に上げた態度だと悠子は思う。圧倒的に、日本よりもパリの方が英語は通じるはずだ。

悠子はフランス語はほとんど話せないが、それでも挨拶などはフランス語でするようにしている。

日本で徹頭徹尾英語しか話さない外国人と、少しでも日本語を話そうとする外国人と、どちらに親切にしたくなるかは、考えなくてもわかる。

バゲットとクロワッサン、それから店員がおすすめだと言ったバターサブレを買って、近くの広場に移動した。ちょうど、テイクアウトできるカフェも見つけたので、そこでカフェオレも調達する。

広場のベンチで、クロワッサンを食べた。一口でやめるつもりが、あまりにおいしかったのでぺろりと食べてしまう。バターの香りが豊かで、舌の上で溶けてしまうほど軽い。クロワッサンは焼いて二、三時間でおいしさが半減してしまう、というのがよくわかる。バゲットも小麦の味が強いのに、気泡がたくさん入っていて重すぎず、いくらでも食べられそうだった。バターサブレはまた後で食べることにして、エコバッグの中にしまった。

カフェオレを飲みながら、広場を歩く人を眺める。

まだ九月。日本では蒸し蒸しとした残暑にうんざりさせられていたのに、こちらはもうすっかり秋だ。

薄手のブルゾンを着てきたが、それでも肌寒いような気がする。曇りの日でこれほど涼しいのなら、雨の日にはコートが必要になるだろう。

どこかでフリースの上着でも調達した方がいいかもしれない。

カフェオレを飲み終えると、悠子は立ち上がった。バゲットの残りはエコバッグにしまって、次の店へ移動する。

だが、次のパン屋を見つけるのに、ずいぶん時間がかかってしまった。

道に迷い、何度も同じ通りをぐるぐる回った。あまり人通りもなく、ようやく見つけた人に店の名前を書いた紙を見せても、不審そうに首を横に振るだけだった。

一時間近く、その通りをうろうろして、やっとのことで店を見つけた。

元気になったつもりだったのに、うまくいかないことがあると、急に疲労感を覚える。隠れていたものが顔を出すみたいだ。

バゲットにチキンを挟んだサンドイッチはおいしかったが、たった二軒でホテルに帰りたくなる。

もちろん、取材のことを考えると帰るわけにはいかない。カフェでひと休みして、気持ちを切り替えることにする。

ミントシロップの入った炭酸水を飲んでしばらく通りを眺めていると、疲れが取れてきた。まだ先は長いのだ。

心のどこかで、「原稿を書く分の八軒だけ回ればいいじゃない」と言う自分もいるけれど、それに負けてはいけない。

もし、この女性誌に切られてしまえば、だれかに自慢できるような仕事がひとつもなくなってしまう。ライターをやっていると言うと、すぐに「どんな雑誌に書いているの？」と尋ねられる。なにも答えられないのは嫌だった。

わかっている。悠子は見栄っ張りなのだ。

編集者にこの仕事のことを切り出されたときも、「パリには友達がいて彼女の家に泊めてもらえるから大丈夫です」などと答えた。原稿料は決して高くないから、宿泊費を出せば足が出てしまうことは、編集者だってわかっている。

友達に泊めてもらえず、宿泊費がかかりそうだと告げれば、編集者はこの仕事を悠子にではなく、パリ在住のライターに頼んだはずだ。

いちばん気の置けない友達であるゆり香にも、飛行機代と宿泊費でほとんど赤字だということは言えず、なんでもないことのように、「パリに取材に行くの」なんて言ってしまった。

ゆり香はドライだからか、あまり他人を詮索するようなこともないから、素直に信じてくれたけれど、そのことばと現状の違いは、悠子自身がいちばんよく知っている。

人を騙すことはできても、自分自身を騙すことはできない。

手を抜くわけにはいかない。少しでもいい仕事をして評価してもらうのだ。

ちょうどきたギャルソンに代金を払い、エコバッグを肩にかけて立ち上がった。

まだ、足が重い気がしたけど、歩き出せばきっと忘れる。

これから十九区のベルヴィルへ移動する。今日は下町中心に回って、明日はパッシーなどの高級住宅地を回るつもりだった。

地下鉄の駅に戻って、やってきた電車に乗り込む。メニルモンタンでメトロを降りようとしたときだった。

降りようとしたドアの向こう、駅のホームを色の薄い金髪が通り過ぎていった。反射的に足を止める。

他に降りる客が、立ち止まった悠子を押しのけて降りていく。それでも悠子は動けなかった。

さっき目の前を通り過ぎていったのは、間違いなくマリーだった。

ショックのあまり、ホテルに帰ってしまった。

見間違いではない。隣にいたのもソフィーだった。ひとりならともかく、ふたりを見間違えるなんてことはありえない。

いったいどういうことなのだろうか。彼女は今、マルタ島にいて、だから悠子に会えないのではなかったのだろうか。

予定が急に変更になったのかもしれない。なにかトラブルでバカンスが中止になったり、時期がずれたのかもしれない。

そう自分に言い聞かせるが、別の疑惑の方がどんどん大きくなってくる。

彼女は悠子にうんざりしていて、悠子を泊めるのがいやで、あんな嘘をついた。

図々しかったのかもしれない。たとえ、年に一度か二度でも、一週間も彼女の部屋に滞在して、世話になった。

もちろん手土産は持っていったし、部屋を使わせてもらったお礼に食事をごちそうしたりもした。だが、それでは不充分だったのだろうか。

友達と疎遠になることは決して珍しいことではない。

一度友達になったからといって永久に友達でいられるなどとは思っていない。友情も、きちんとメンテナンスしなければ、すぐに軋《きし》んで錆《さ》びてしまう。

ショックなのは、彼女がうんざりしていたことに、自分がまったく気づかなかったことだ。日本人ならまだしも、フランス人は本心と正反対のことを言ったりしないと思っていた。

マリーが「いつでもきていいのよ」などと言わなければ、悠子もこんなには甘えなかった。

嫌ならば嫌とはっきり言ってくれればよかったのに。気づかなかった自分がいちばん悪いのだろうが、そんな恨み言さえ言いたくなる。

別に泊めてくれなくてもよかったのだ。悠子がパリにきたときに、食事をしたり、クラブで遊んだりできればそれだけでうれしかった。

自分が距離を間違えなければ、ずっと友達でいられたかもしれないのに。

自己嫌悪と、マリーへの怒りが入り混じって、身体に重くのしかかっていた。


観光でやってきたのなら、部屋のベッドでずっと落ち込んでいただろう。

だが、悠子にはやらなければならない仕事がある。赤字になるほど経費をかけてここにいるのだから、適当な仕事はできないのだ。

絶対に、編集部に喜んでもらえるような原稿を書いて、次の仕事につなげる。

決意をした勢いで、悠子は携帯電話を開いて、中野栞にメールを打つ。悠子のことは花恵が知らせておいてくれているはずだ。

メールを送信して、再び出かける支度をしていると、着信音が鳴った。栞からのメールだった。

ちょうど今日空いているというので、夕食を一緒に食べることにする。

「クスクスはいかがですか？　おいしいところに案内します」

高級フレンチではなく、クスクスなら財政難の悠子でも不安にならずにすむ。向こうは学生だし、パン屋の情報集めも兼ねているのだから、できればごちそうしたかった。

八時に店で待ち合わせることにして、悠子は携帯電話をショルダーバッグにしまった。店の場所は、後で栞がメールしてくれるという。

立ち上がって、鏡の前で口紅を塗り直す。

ふいに、さきほどのマリーの笑顔が頭に浮かんで、悠子はそれを振り払った。

彼女の存在を頭から追い出してしまいたかった。


結局、その日は五軒のパン屋を回ることしかできなかった。

二十四軒は難しくても、二十軒は取材しておきたいのに、このままでは時間切れになってしまう。

夜、寝る前にリストを見直して、移動距離の少ないルートを組み直さなくてはならない。

とはいうものの、五軒でもお腹はいっぱいで、夕食は必要ないほどだ。

パン屋の紹介であることにずいぶん救われている。買って公園で食べたり、ホテルに持って帰って食べたりするから、無理にお腹に詰め込まなくてすむ。

日本でフレンチレストランを紹介する仕事をしたときは、締め切りがぎりぎりで、ディナータイムだけで三軒のレストランを、フォトグラファーと一緒に回ったこともあった。コースではなく、アラカルトでシェアしてもつらかった。一週間で体重が二キロ半も増えて、危機感を抱いたのを覚えている。

そろそろ、栞との待ち合わせ時間が近い。支度をして出かけることにする。

クスクスの店はオベルカンフにあった。マリーと最初に遊んだクラブと近くて、胸がざわざわするけど、あえて考えないようにする。

クスクスは、モロッコやアルジェリアなど北アフリカでよく食べられている、セモリナ粉の極小パスタだ。蒸して、羊や鶏、そして野菜がたくさん入ったシチューをかけて食べる。

北アフリカと縁が深いせいか、フランスでも国民食のように食べられている。

悠子も、パリにくると必ず一度は食べる。旅行のときは野菜不足になりがちだから、にんじんやズッキーニ、ひよこ豆などが入ったクスクスはちょうどいい。トマト味のシチューもフランスで食べる食事の中では、胃に優しい気がする。

どこの店でも大量に出てきて、毎回残してしまうことにはなるのだが。

イタリアでは、スパゲティやマカロニのように、大量の湯で調理するパスタになるセモリナ粉が、砂漠近くの国では蒸すだけで食べられるクスクスになるというのは、なかなかおもしろいと思う。

モロッコからの移民が多い通りで、前にクスクス用の鍋を見かけたが、日本の蒸し器によく似ていた。下の鍋でシチューを煮て、重ねた上の鍋でクスクスを蒸す。水分を少しも無駄にしない作りになっている。いつか買って持って帰りたいとずっと思っている。

店は路地の奥にあった。観光客ではなかなか見つけられない場所だ。

念のため、店の外観を写真に撮ってから中に入る。

店の奥に、二十代の日本人女性がいた。彼女もこちらを見て会釈したから、栞だろう。

「はじめまして。わざわざ時間を作ってくださってありがとう」

ベリーショートの髪型と、小さな顔。背は低いが、スタイルがいい。いかにもパリにいそうなおしゃれな女の子だ。

ふいに、自分のことが恥ずかしくなる。旅行中は洗濯ができてしわにならない服を選んでしまうせいで、垢《あか》抜けない格好できてしまった。

「いつ、日本からこられたんですか？」

「昨日の夕方です」

「わあ、じゃあ疲れているんじゃないですか？」

「少し。でもあまり長くいられないんですよ。木曜日には帰るから……」

「でもだいたいの日本人ってそんな感じですよ」

当たり障りのない会話。キャッチボールには最初から本気を出さないようなものだ。

やってきた店員に、彼女は流暢なフランス語でチキンのクスクスとサラダを注文した。

なにげなく聞いた。

「留学って、なにを勉強されているんですか？」

一瞬、彼女の顔が引き攣《つ》った。それがなぜなのかは、すぐにわかった。

「なにって、フランス語ですけど」

彼女の雰囲気から、アパレルかデザインだと思っていたが語学留学だったようだ。

同時に気づく。彼女はそれを少しコンプレックスに思っている。

たしかに、こちらの大学に通ったり、デザインを学んだりするより、語学留学はハードルが低い。

あわてて言った。

「でもフランス語喋れるのうらやましいです。わたし、大学で勉強したけど、その後ぜんぜんだから」

「でも、フランス語喋れないと、取材は大変じゃないですか？　ライターさんなんでしょ」

「そうね。でも、英語でだいたい通じるから……」

そうは言ったが、痛いところを突かれたのは事実だ。

今日、午後に訪れた店では、英語を喋れる店員がいなかったから、掲載許可を取るのに苦労した。雑誌の表紙と、連絡先を渡して、しどろもどろになりながら説明をした。何とか通じたとは思っていたが、後でファックスででも確認を取らなければならない。

勉強したい気持ちはもちろんある。

だが、今から勉強しても、フランス語を流暢に話せる人に追いつくことは難しい。知り合いのライターには、フランス生まれだったり、配偶者がフランス人で会話には困らないような境遇の人がたくさんいる。

そう自分に言い聞かせるのも、勉強をしない言い訳かもしれないけれど。

「日本人会の中には、パリ在住でライターやってる人も多いですよ。わざわざお金かけて日本からこなくても、そういう人に頼めばいいのに。紹介しましょうか」

あ、やだな、と思った。

この子は、会話に棘《とげ》を潜ませてくるタイプの人間だ。

一見、にこやかだが、隙を見せたら攻撃するつもりなのが、よくわかる。

「やりたい仕事だし、こっちに友達がいるから彼女にも会いたかったし……」

「じゃあ、友達の家に泊まってるんですか？　だったら、宿泊費はかからなくていいですよね」

悠子は曖昧な微笑みを浮かべた。今回はホテルなのだと言えなかった。

栞は饒舌《じょうぜつ》に話しはじめた。

パリの友達のこと、行きつけの店でどれほど親切にされるかという話や、フランス人男性にどれだけモテるかという話、そして日本人の悪口。

悠子が感嘆の声を上げたり、彼女のセンスを褒めたりすれば、彼女の機嫌はよくなっていく。

頭の中で、小さなフグを連想した。威嚇のため全身をぱんぱんに膨らませている。

愚かしいと腹の中で笑うのは簡単だった。だが、彼女は悠子によく似ている。

ほとんどお金にならない仕事を受けて、友達に自慢げに「パリに行く」と告げる。

栞がパリで語学留学をしているのも、悠子がここに取材をしにきているのも、格別褒められるような偉業ではない。

ただ、やりたいことをやっているというだけだ。馬鹿にされるようなことでもないが、自慢に思うことでもない。

なのに、勝手にそれを誇らしいと思い込んで、他の子より上に立ったような気分になっている。

マリーに嫌われるのも当然かもしれない。ここに生まれて育った彼女には、悠子の心境など簡単に見えてしまったのかもしれない。

栞がまだそれに気づいていないのは若くて、未来があるからで、悠子が気づいたのは、足下が崩れはじめているからだろうか。

次に仕事でこられるかどうかはわからない。栞の言う通り、そもそも悠子に依頼するよりも適任のライターはいるはずだ。

思い切って、栞に聞いた。

「ずっとパリにいるの？　こっちで仕事を探すんですか？」

噂に聞く限り、それは簡単なことではない。人が多く、家賃も高い。パリで働きたい人は多いから、就労ビザはなかなか出ないという。

「今は彼氏と住んでいるんです。結婚するかも」

だったら困ることはないのかもしれない。少しうらやましくなる。

栞は急に声を潜めた。

「ライターってどうやってなるんですか？　わたしもやってみたいんですけど。悠子さんはどうやってなりました？」

「わたしは最初、広告会社に入って、そこから独立したけど」

「いきなり仕事もらうのってやっぱり難しいですか？」

「うーん、わたしもぎりぎりの状態だし、友達のライターさんに聞いてみたらどうですか？」

少し意地悪だと思いながらもそう言う。もっとも、悠子だって崖っぷちで踏ん張っているわけで、人を紹介できるような立場ではない。

「言ってみたんですけど、断られました。パリ在住のライターも飽和状態だから、やめた方がいいって。たぶん、ライバルが増えるのが嫌なんだと思います」

ここに住んで、書く仕事ができたらどんなにいいだろう。ずっとそう思っていたけれど、彼女のその一言でその気持ちはしぼんでしまった。

たしかにそうだ。日本でやっているような賃貸情報誌の仕事などは、ここではできない。仕事はこれまで以上に限られる。

本当に実力のある人か、他に副業があるような人しか、ここでは生き残れないのだろう。

「とりあえず、ブログでもやってみたらどうですか？　うまくいけば向こうから声をかけてくることもあるし」

当たり障りのないアドバイスだ。だが、可能性はゼロではない。

彼女に文章力があれば本当にそうなるかもしれない。

栞は神妙な顔で頷いた。

「やってみます」


ホテルに帰って、ベッドに倒れ込んだ。

なんだかひどく疲れていて、日本に早く帰りたいような気分にさえなる。これまでそんなことは一度もなかったのに。

お金がなくても、寒い季節でも、パリは悠子を歓迎してくれるように思っていた。ふとすれ違う美しい人や、おいしいケーキやクロワッサン、気取っているのに、ふいに親しげな顔を見せる街並み。

今はそうではない。この街が冷たいと言った人の気持ちがはじめてわかった。

この街が受け入れてくれるのは、自信を持った人だけだ。お金がある人たち、才能がある人たち、美しい人たち、若い人たち、そして、なにもなくても希望を持った人たち。なにも持っていないことに気づき、若さと希望も失いつつある人間には、この街は急に鼻持ちならなく思えてくる。

ベッドに肘をついて、借りた青いスーツケースを眺めた。

最初に真美がこれをフリーマーケットで買ったときは、もっと真新しくてきれいだったように思うけど、今はあちこちに小さな擦り傷がついている。

よく考えたら、たった四ヶ月の間に、このスーツケースは四度も旅をしているのだ。真美と一緒にニューヨークに行き、花恵と香港、ゆり香とアブダビに行き、そして、悠子と一緒にパリにきた。

単純計算では地球をぐるりと一周するより長い距離を移動している。

――そりゃあ、傷もつくよね。

そう考えて笑う。悠子も同じかもしれない。

心も身体も小さな傷ばかりが増えていく。修復することはできず、どんどん古くなっていく。

どこにも持って行かなければ、このスーツケースはきれいなままでいられるのだろうか。

「でも、それじゃスーツケースの意味がないよね」

声に出してそう言った。

このスーツケースと一緒だ。このあと、もっとぼろぼろになって傷ついて、あるいはキャスターが取れたり、蓋が閉まらなくなったりするかもしれない。

サテンの真っ白な内張りも、黄ばんだり汚れたり、破れたりするのかもしれない。

でも、それでも旅に出たい。

飾りのようなパーティバッグではなく、酷使されるスーツケースのような人生の方がよっぽど自分らしい。

悠子はそっと手を伸ばしてスーツケースを撫でた。自分のものではないのに、自分自身のような気がした。


顔を洗ってから、マリーにメールを打った。

「今、パリにきてます。あなたに会えなくて少し寂しいです。また次にきたときには、会って話がしたいです」

もし、うんざりされているのなら、当たり障りのない返信しかこないだろう。それでもいい。それならそれであきらめがつく。マリーと一緒にいる時間は楽しかった。一年に一度しか会えなくても友達だと信じていた。

送信すると、どこかすっきりした。うじうじと悩むよりも、早くこうすればよかったのだ。

シャワーを浴びて髪を洗い、ドライヤーで乾かしていると、携帯電話が鳴った。液晶画面を見て驚く。マリーからだった。

電話に出ると、懐かしいフランス語なまりの英語が聞こえてくる。

「ユウコ、ひさしぶり。今パリなの？」

「そう。マリーは？　マルタに行ってるんじゃなかったの？」

「急に予定が変更になったの。ソフィーのお母さんの具合が悪くて、バカンスどころじゃなくなったから……」

ああ、そうだったのだ。胸を撫で下ろすと同時に泣きたいような気持ちになる。

嫌われていたわけでも、拒まれていたわけでもなかった。

「いつまでいるの？」

「木曜日まで。でも、木曜日はすぐに帰るから、会えるとしたら明日か明後日だけど」

「じゃあ、明日会いましょ。食事がいい？　それともクラブ？」

「クラブがいいな。取材できているから、朝から晩まで食べ続けなの」

今日のクスクスも残してしまって、シェフに申し訳なかった。

明日の夜、はじめて会ったオベルカンフのクラブで待ち合わせることにして、電話を切った。


翌日の取材は順調に進んだ。

十軒はさすがに無理だったが、八軒の店を効率よく回ることができた。栞が教えてくれた店は、あまり日本では知られていないのに、感動するほどおいしかった。外観も可愛らしいから、特集のメインとして扱えるかもしれない。

ホテルでひと休みして、夜の九時にホテルを出た。タクシーでクラブの前まで乗り付ける。

騒がしい音楽と、人混み、どこか日本人と違う汗の匂いを感じながら店の奥まで進むと、二階からマリーが手を振っていた。ソフィーもいる。

飲み物を買ってから二階に向かう。

音の反響のせいか、二階は少し静かでゆっくり話ができそうだった。

「ユウコ！」

ハグと頬《ほお》に軽いキス。日本人としては少し頑張らなくてはできないコミュニケーションだけど、肌が触れあうことで気持ちが近づくのはわかる。

しばらく、英語で近況などを会話した。マリーは、ときどきソフィーに会話の内容を通訳してあげている。

ソフィーがふいに立ち上がった。

「踊ってくるわ。後でね」

頬にキスをされた。ソフィーからそんなことをされたのははじめてで少し戸惑う。

ソフィーはそのまま軽快に階段を降りていった。なぜかマリーがくすくすと笑った。

「ソフィーはヤキモチ焼きなの」

「ヤキモチ？」

「そう。ユウコにヤキモチを焼いてるのよ」

「どうしてわたしに？」

もちろん、女友達の間でも嫉妬や独占欲はある。だが、日本人の女子高生ならまだしも、大人のフランス人女性もそんな気持ちを抱くのだろうか。

マリーはいたずらっぽく笑った。その笑顔でやっと気づいた。

「ソフィーは恋人なの？」

「そう」

「もしかしたら、クララも？」

「そうよ」

まったく気づかなかった自分が情けない。去年など、同じ部屋で一週間暮らしたのに。

マリーは頬杖をついた。

「日本人は保守的だって聞くから、ちょっと言いにくかったの。でも、わたしがはっきり言わないことで、ソフィーが怒って、わたしがユウコに恋してるんじゃないかって疑ってるの」

まさかそんなことはないと思う。いくら悠子がのんびりしていても、それなら空気でわかる。

「だから、これからもユウコに会ったり、家に泊めたりする条件として、ちゃんとカムアウトすることを命令されたの」

命令はもちろん冗談なのだろう。だが、マリーは悠子と友達でいることを望んでくれている。一度は不安になったせいで、胸が熱くなった。

「話してくれてうれしいわ」

「今はソフィーのお母さんが乳癌《にゅうがん》で闘病中だから先に延ばしたけれど、結婚するつもりよ」

フランスで同性婚が合法になったという話は知っている。悠子はマリーの頬にキスをした。

「おめでとう。ソフィーにもおめでとうを言いたいわ」

「結婚式には出てくれる？」

「もちろん、どんな用事を放り出しても行くわ」

友達が幸せになること以上に、素敵なことがあるだろうか。

二階から見下ろすと、ソフィーがこちらに向かって手を振った。悠子も手を振り返す。

次にパリにくるときは、仕事ではないかもしれない。

だが、それでもこの土地とのつながりが消えたわけではない。

悠子は思う。たとえぼろぼろになったとしても、スーツケースはパーティバッグよりもいろんな風景を見ることができるだろうと。

第五話　愛よりも少し寂しい

携帯電話のバイブ音で目が覚めた。

半分は、ぬるい眠りの中に身体を突っ込んだまま、携帯電話をつかんでロボットのように出る。

「はい」

愛想のない声を出したのに、返ってきたのは弾むような声だった。

「栞ちゃん？　元気？」

それだけでわかる。従姉妹の花恵だ。

時計を見ると朝の八時半だ。日本は今何時だろうとぼんやり考える。今はサマータイムだから七時間差で十五時半。

平気で、こちらが朝の五時でもかけてくる母のことを思えば、まだ時差を考慮してくれていると言っていい。

中野栞が夜型であるという問題をのぞけば。

「寝てた？」

反応が鈍いからか、花恵が尋ねる。

「今起きたところ……」

寝てても、寝てたと答える人はいないだろう。

「ごめんね。学校かなと思ったんだけど、夜かけるのはちょっと大変だから……」

そう。こっちが十七時だと、日本は夜の十二時。日本ではよく深夜に長電話していた友達とスカイプするのも難しい。

のっそりとベッドから起き上がる。鏡に映る自分は、毛先が寝癖であっちこっちに撥《は》ねて、痩せた猿みたいだ、なんて思う。

「悠子に会ったんでしょ？　つきあってくれてありがとう」

「いいよ。ごはんごちそうしてくれたし」

年上だけど、お説教めいたことは言わないし、頭がよさそうな人だった。ライターだというのもかっこよくてうらやましい。なんだかコンプレックスが刺激されて、少し感じ悪く振る舞ってしまった。

「あのね。それで、ちょっとお願いがあるんだけど」

今度はベッドにうつぶせになって携帯を耳に当てる。

「なあに？」

親戚はみんな嫌いだけど、花恵のことだけは好きだ。おっとりしているけど、自分をちゃんと持っているような気がする。花恵の頼みなら聞いてもいい。

「悠子のスーツケースがなくなっちゃったの」

「え？」

悠子と会ってから一週間が経つ。彼女はもう日本に帰ったはずだ。

「パリから帰る日、チェックアウトしてから、ホテルに荷物を預けて一時間だけ買い物に行って戻ってきたらスーツケースがなかったんですって。ホテルの人が取り違えたのか、盗まれたのかわからないけど……」

それはアンラッキーだ。

「それならホテルで弁償してくれるんじゃないの？　客室内の盗難じゃないんだからホテルの責任だよね」

「うん、でもホテルは全然弁償する気ないらしくて、のらりくらりかわされているうちに、出発の時間が近づいてきて、仕方なく戻ってきたって」

フランスではよくあることだ。だが、もしかして栞にその交渉をしろというのだろうか。それはごめんこうむりたい。

「まあ旅行保険には入っていたから、それで多少はお金で戻ってくるらしいんだけど、そのスーツケース、悠子が友達から借りたものなのよ。高いものじゃないし、その友達も別にいいって言ってるんだけど、悠子がちょっと責任感じちゃってるの」

「ふうん……」

「ホテルには盗難届を出してもらっているから、もし見つかったら栞ちゃんに連絡してもらうようにしてもいい？　連絡先が日本だと舐《な》められて戻ってこないかもしれないから……」

「もし、出てきたらどうするの？」

「ホテルに頼んで日本に送ってもらえればいいけど、それが無理なら悠子が送料を出すって言ってた」

　パリには日本の宅配業者もある。そちらから送ってもらうことなら、栞にもできる。

「ごめんね。面倒なこと頼んじゃって」

「いいよ。そのくらいなら」

たいしたことではない。出てこなければ、栞のところには連絡すらこないわけだし、出てこない可能性の方が遥かに高い。

　ここは日本ではないのだから。

　電話を切って、窓の外を眺める。十月のパリ。五月ほどではないけれど、いい季節だ。

寒すぎることもないし、展示会やパリコレなどが開催されるシーズンだから、街はどこか活気に満ちて華やいでいる。

夏は嫌いだ。観光客があふれて、パリがパリでなくなってしまう。日本人や中国人の観光グループを見かけると、うんざりする。

以前、ラデュレでお茶をしていると、入ってきた日本人グループの女の子が、「なんや、日本人ばっかりやん」と声を上げた。

バカみたい、と思う。この店を日本人だらけにしているのは、彼女たちのような人たちなのに。

早く冬がくればいい。冬になると、観光客はどっと減る。クリスマスやお正月あたりで少し増えるけど、その時期は栞も日本に帰るからどうでもいい。

五時を過ぎたら真っ暗になってしまうし、底冷えがしてダウンジャケットを着込んでも寒い。道行く人はみんな風邪を引いて、洟をかんでいる。

それでも栞は冬が好きだ。春や夏はどこかよそ行きの顔をしている。

冬は栞のような根無し草にも優しい。

バスルームで、顔を洗い、寝癖だらけの髪を濡らしてブローする。

特に予定はない。学校は半年前にやめた。

意気揚々と、日本でお金を貯め、乗り込んだパリの語学学校だけど、授業には少しもついていけなかった。

多少、会話はできるようになったが、授業ではしょっちゅう発音を直され、活用やスペルも間違ってばかりだ。なんとか中級クラスまでは這い上がったが、その先の上級クラスへの試験を何度も落とされて、すっかり気持ちが萎えてしまった。

語学学校は日本人や韓国人、中国人などが多く、その中でも日本人が多かったせいで、学校で話をするのはいつも日本人だった。これなら日本でフランス語学校に通うのと少しも変わらない。

フランス語自体をやりたくなくなったわけではないのだ。一緒に暮らしているエリックやその家族とはちゃんとフランス語で会話はできているし、テレビを見ていても、ずいぶん聞き取りもできるようになった。

それなのに、活用やスペルをわざわざ覚えるのが面倒になってしまったのだ。

スペルなんて、メールや手紙を書くときに辞書で調べればいいわけだし、活用を間違ったってことばはちゃんと通じる。

マリー・アントワネットに謁見《えつけん》するときのように、立派なフランス語を喋らなくてはならないわけではない。

ちょうど、エリックの家に転がり込んだこともあって、栞は学校をやめた。それからはずっとこの街でぶらぶらしている。

パリにきてからもうすぐ一年になる。ビジタービザの期限はもうすぐ切れるから、期間延長を願い出ているが、どうなるかわからない。

日本に帰るつもりはなかった。日本は栞には合わない。

やたらに群れたがる友達も、男に媚《こ》びることしか考えていない同世代の女の子もみんなつまらない。大学を卒業して二年ほど働いたが、毎週のように飲み会に連れて行かれて、時間を浪費させられることが耐えがたかった。

大した仕事もないのに残業するのが当たり前で、さっさと自分の仕事を片付けて定時に帰宅していたら、上司に嫌味を言われた。

清潔にしていても、ノーメイクであることを「社会人としての自覚がない」と言われ、真夏でもストッキングをはくように言われた。

思い出しただけでも息が詰まる。

栞は肌が弱い。敏感肌用のファンデーションでもすぐ顔が真っ赤になってかゆくなるし、ストッキングでも小さな湿疹《しっしん》が出た。

パリでは、そんなことを強要する人はいない。

自分の時間は、自分の好きなように使ってもいいし、人の格好にねちねちと口を出す人もいない。女性がお酌をさせられることもない。

パリにきて、はじめて自由に呼吸ができるような気がした。

だから帰りたくない。ここにずっといたい。

学校をやめたと言えば、両親はこれ以上の滞在を許してはくれないだろう。男性と一緒に暮らしていると言っても同じだ。

だから、両親に知られてしまう前に、なにかできそうな仕事を見つけなくてはならない。

ビジタービザでも、日本から報酬をもらうような仕事ならできる。

たとえば、パリの写真を撮るフォトグラファーとか、ガイドブックのライターとか。写真だって、文章だって書けると思うが、そういう仕事をどうやって探していいのかわからないのだ。

以前、日本人会で知り合ったプロのフォトグラファーにそんな話を相談すると、鼻で笑われた。

「写真なんて、シャッターを押せばだれでも撮れると思ってるんでしょ」

そんなふうには思ってはいないが、ひどく不快な気分になって、それ以上聞くのをやめた。

仕方がない。そういう人たちにとって、新規参入者もライバルのようなものだ。仕事先が限られているのだから、人が増えれば自分たちの仕事がなくなる。親身になってくれないのも無理はない。

いちばん可能性が高くて、両親も許してくれそうなのはエリックとちゃんと結婚することだ。

今年のバカンスにはエリックの故郷であるトゥールーズに一緒に行って、一ヶ月彼の実家に滞在した。彼の両親もとてもよくしてくれた。

彼は三十七歳と年上だし、そろそろ結婚したいと思っているのではないだろうか。

普段はエリックの家で家事をしたり、パリの街をぶらぶらと散歩したりという毎日を過ごしている。家賃や生活費はエリックに出してもらっているが、それでも貯金は少しずつ目減りしていく。

収入が一切ないというのはやはりきつい。

なにか動かなければならない。そこで思考はいつも行き止まりに突き当たる。

でも、どうやって。

念のため、悠子が泊まっていたホテルに行ってみることにした。

行ったからといって、スーツケースが出てくるわけではないが、せっついた方がいいことはたしかかもしれない。

フランスでは自己主張をするか、しないかでなにもかもが大きく変わる。控えめにしていていいことはない。

花恵から聞いたホテルは左岸の五区で、エリックのアパルトマンがある十三区からはそんなに遠くない。メトロに乗るまでもないので自転車で行くことにする。

東京と比べてみると、パリは小さい。山手線《やまのて》の内側にすっぽりと収まってしまう。石畳で走りにくいことを別にすれば、自転車やローラーブレードがちょうどいい大きさだ。

栞にこの自転車を譲ってくれたのは、同じ語学学校に通っていた日本人だった。

午前は学校に通い、午後からはパリのホテルで研修を受けているという女性は、さっさと上級クラスにあがって卒業し、先月、日本に帰ってしまった。

もともと英語も上手で、基礎学力に差があるのはわかったが、それにしても自分のふがいなさを思い知らされたような気がした。

「日本に帰ってなにをするの？　どこかホテルに就職するの？」

そう尋ねると、彼女はにっこりと笑った。

「うち、実家が旅館なの。だから戻って、そこで働くの」

心からうらやましいと思った。

彼女にはあらかじめ、ちゃんと居場所が用意されている。実家だから、一年くらい休んで勉強したって、居場所はなくならない。

栞の居場所は日本にはない。

思い出すと同時に切なくなって、自転車を激しく漕いだ。

日本には両親がいて、パリには恋人がいる。だが、それを自分の居場所といっていいのだろうか。エリックとだって、結婚もしていないのだ。

エリックは、語学学校のすぐそばのバイクショップを経営している。学校近くのカフェで声をかけられて、つきあいはじめたのだ。

彼との関係に不安がないわけではない。

彼はこれまでにも、その語学学校に通っていた日本人の女の子とつきあっていたと言っていたし、栞など単にその場限りの遊びの相手なのかもしれないとも思う。

だが、両親や友達にも紹介してくれたし、今一緒に暮らしていて、家賃や光熱費などは負担してくれている。

昔の話はどうあれ、不誠実な様子はない。せめて、彼の方から結婚の話などを切り出してくれるといいのだけれど、と思う。

勢いよく漕いだせいか、ホテルにはすぐについた。

見れば、家族経営らしき小さなホテルだ。巨大チェーンと違い、こういうホテルの誠実さは、オーナー個人の性格によって大きく変わる。

フロントにいた金髪女性に話しかける。

マダム澤のスーツケースのことで聞きたい、と言うと、話はすぐに通じた。

どうやらこのホテルでは、チェックアウト後の荷物は預かるというよりも、ロビーに置いている、という認識らしい。

今日も、ロビーには宿泊客のものらしいスーツケースが、いくつも置いてある。

預かり証も出していないし、ロビーにはいつも人がいるわけではない。勝手に持ち出されてもわからない。

フロントの女性も、「自分たちではなく勝手に持ち出した人が悪い」という態度を崩さない。日本人の感覚では理解できない。

「盗難届は出して、その届けをマダム澤の住所に送ったから、それで保険を申請すればいいわ」

自分のことではないが、少し腹が立った。

「彼女は、思い出の大事なスーツケースだって言っていたわ。お金の問題じゃないのよ」

「それは残念なことね。でもどうしようもないわ」

さらりとそんな返事がかえってきて、力が抜ける。

「ともかく、もし出てきたらあなたのところに連絡するわ」

話を打ち切るように、彼女はそう言った。一年くらいパリで暮らしたからと言って、フランス人に太刀打ちできるほどメンタルは強くなっていない。

念を押すように連絡先を伝えてホテルを出る。

苛立ちをペダルに押しつけるように自転車を漕いだ。

わかっている。日本とパリは労働に対する考え方が違う。もし、悠子が泊まっていたのが高級ホテルならば、きちんと荷物を預かり証で管理して、人が勝手に入ってこないバックヤードに置くだろう。

荷物がなくなれば、従業員やホテルのオーナーも頭を下げるだろう。

だが、それには人手が必要だ。さっきのホテルは安い代わりに、それなりの管理しかしないことにしているのだろう。

　サービスとコストは密接な関係がある。安いビジネスホテルでもサービスだけは誠実さを求める日本とは違う。

　だが、それを頭で納得できても、気持ちでは納得できない自分がいる。

　苛立っていたせいか、路地から女の子が出てきたとき、ブレーキを握るのが遅れた。

　悲鳴が上がる。栞も自転車ごと転んで、石畳にたたきつけられた。

「ちょっと！　南美《なみ》、大丈夫？」

　ゆっくり起き上がる。掌をすりむいて、腰を打ったが、動けないほどではない。

　日本語が聞こえてくることに気づいたのは、立ち上がろうとしたときだった。

　見れば日本人の女の子だ。三人が立っていて、ひとりが倒れている。

　栞はあわてて立ち上がった。

「だ、大丈夫？」

　まだ二十代のはじめだろうか。見るからに若い。駆け寄ると、立っている女の子たちは顔を見合わせた。

「日本の人？」

　頷いて、倒れている女の子を抱き起こす。

「大丈夫です。ちょっと足をひねっただけ……」

彼女ははっきりと喋った。ちょっとほっとする。頭を打って意識がない、なんてことになっていたら大変だ。

「ともかく病院に行きましょう」

携帯電話をポケットから取りだして、栞はタクシー会社に電話をかけた。


怪我をした女の子は、嶋原《しまばら》南美と名乗った。

大学生で、友達との旅行でパリにきていると言った。そうではないかと思った。フランス在住の日本人と、観光できている日本人はあきらかに服装が違う。観光客はおしゃれで華やかだ。

タクシーに乗るとき、友達もついてこようとしたが、南美ははっきりと断った。

「大丈夫。頭も打ってないし、骨折もしてないと思う。だからみんなは観光してて。せっかくパリまできたのに、時間がもったいないよ」

彼女がしっかりした様子なので、栞もほっとした。

病院で診てもらったが、怪我は左足首の捻挫だけだった。それを聞いて、胸を撫で下ろす。

治療費は栞が払うつもりだったが、南美に旅行保険があるからと断られた。テーピングをしてもらって、湿布薬をもらった。

会計を待つ間に話をした。

「せっかく旅行にきたのに、こんなことになってごめんなさい」

「仕方ないです。運が悪かったんだと思うし、骨折とかじゃなくてよかったと思います」

「あと、どのくらいパリにいるんですか?」

「明後日帰ります。だから、あと一日だけ。最初の日じゃなくてよかったです」

彼女は全部で六日間のツアーできたのだと言った。半日の市内観光と半日のベルサイユ宮殿観光がついていて、自由行動の日が三日。

申し訳ないような気持ちになる。栞の不注意で、今日も一日台無しだ。明日だって足の怪我のせいで、自由には回れないだろう。学生の身ではタクシーをチャーターすることもできないはずだ。

栞の表情を見て、南美はあわてて笑顔を作った。

「大丈夫です。市内観光で凱旋門《がいせん》もエッフェル塔もノートルダム寺院も見たし、昨日はルーブルとオルセーを回ったんです。行きたいところは、だいたい行きました」

胸がきゅっと痛くなった。

彼女がもし、この先何度もパリを訪問するなら、一日半の無駄はたいしたことじゃない。でも、同じ場所を訪れる人ばかりではない。これが彼女にとって最初で最後のパリかもしれない。

観光客に好感を持ったことなどない。

いつも、道の真ん中で地図を広げたり、群れを作って高級ブランドショップや、ギャラリーラファイエットを歩く日本人が大嫌いだった。

だが、自分のせいで彼女の旅行の思い出が最悪のものになるのは悲しい。

「どこか行きたいところがあったんじゃないですか?」

南美は少し首をかしげた。

「天候が崩れると行けないから、見たいところはもう見たんです。でも明日は、パリをゆっくり散歩してみたいと思ってました」

ふいに、栞の頭にある考えが浮かんだ。

「ねえ、バイクの後ろって乗ったことある?」

そう尋ねると、南美の目が丸くなった。

翌朝、ソファで新聞を読んでいるエリックに尋ねた。

「ねえ、今日、バイク借りてもいいでしょ」

彼は新聞から顔を上げずに言った。

「いいよ。カワサキとヤマハ、どっち？」

ひとりで乗るのならどちらでもいいが、今日は二人乗りだ。ヤマハのビッグスクーターの方がいい。自動二輪の免許は持っている。

「ヤマハ」

今日はエリックの店の休日だ。

「帰り、遅くなるかも。日本からきた友達と会うの」

「いいよ、楽しんでおいで」

朝のキスをする。少し皺は多いが、彫りが深くてきれいな緑の目をしている。髪も少し薄くはなったが、まだまだ年相応に見える。

彼のことは好きだ。だが、ときどき思うのだ。

もし、彼が日本人で日本で出会っていれば好きになっただろうか、と。

議論好きで面倒くさいとか、セクシャルな冗談ばかり言うとか、欠点がないわけではないけれど、優しいし、栞のことを大事にしてくれる。

だが、もし彼が十歳年上の日本人だったら、たぶん好きにはなっていない。

パリにいたいという栞の欲望が、彼への愛情にはだいぶ混入している。

でも、欲望の混じらない愛なんて本当にあるのだろうか。

性欲と愛は分かちがたいものだし、美しい人を見せびらかしたいというのも、真面目で浮気をしないような人を選びたいと思うのも、間違いなく欲望だ。

結婚相手に、安定した職業やお金持ちの人を選ぶのと変わらない。

ヘルメットをふたつ持って、家を出る。ビッグスクーターで南美の泊まっているホテルまで向かった。

ホテルのロビーでは、南美がデニムとスニーカーで待っていた。

「お待たせ。友達はもう出かけたの?」

「うん、買い物するって。サントノレ通りとか言ったかな」

高級ブランドの並ぶ通りだ。栞には縁のない場所だ。

「行かなくていいの? 寄ってもいいよ」

そう言うと南美は首を横に振った。

「彼女たちはお金持ちだから。わたしはもともと買い物の日は別行動しようと思ってたんです」

そう言って舌をぺろりと出す。

「本当はパリに一緒にくるだけでも大変だったんだけど、でも、どうしてもきたかったから、バイト頑張ってツアー代は作りました」

「そうなんだ……」

だったら、この最終日を、彼女にとっていい日にしたい。

ヘルメットをかぶって後ろにまたがった南美に尋ねる。

「どこに行きたい？」

「モンマルトル。『アメリ』が大好きなんです」

違うところで聞いていたら、鼻で笑っていたようなひとことだった。でも、今はわかる。彼女はパリに憧れて、頑張ってアルバイトをしてここにきた。

モンマルトルに向かって、スクーターを走らせる。

左岸からサン・ルイ島を横切って、シテ島を通って、セーヌ川沿いを走る。最短距離ではなく、なるべくパリらしい景色を見せたくて。

背中から歓声が上がって、なんだか恋人とタンデムしている男の子みたいな誇らしい気持ちになる。

パサージュを見せたくて、ギャラリーヴィヴィエンヌの前でバイクを停めた。

「ゆっくり向こう側まで歩いてみてほしいな。反対の出口で待ってるから」

パサージュはガラスの屋根に覆われたアーケードで、十八世紀のパリの匂いが残る美しい通りだ。細い通りだから、オートバイは通れない。

ギャラリーヴィヴィエンヌはいちばん古いパサージュで、タイルや天井の装飾まで美しい。

反対側までバイクで移動して待っていると、目を輝かせた南美が出てきた。

「まるで夢みたいにきれい！　素敵だった」

それだけで胸が熱くなる。

そう、この街は夢のように美しくて、だからここが好きなのだ。


映画『アメリ』の舞台になったカフェで、南美とお茶をした。サクレ・クール寺院は市内観光で見ていると言うから、坂を上るのはやめた。

「パリに住んでるんですよね。素敵だなあ」

うっとりとした顔で言う南美に、ちょっと苦笑した。

「だらだらしているだけ。これからどうするか早く決めないといけないんだけど」

パリで仕事が見つかればいい。だが、見つけられなければどうするのだろう。

「日本には帰らないんですか？」

そう尋ねられて、ことばに詰まる。

帰るべきなのだろうか。見ないふりをしているけれど、その選択肢はつねに栞のそばにある。

聞いたことがある。もし日本で罪を犯して、海外に逃げても、海外にいる間は時効までの時間に含まれないのだ、と。

海外にいる間は時計の針は止まっている。そして日本に帰ったらまた動きはじめる。

栞の時計の針も止まったままだ。

なにも残せていないし、自分の中になにも刻めていない。エリックに捨てられたら、明日から路頭に迷ってしまう。

それで胸を張って、パリに住んでいるなんて言えるのだろうか。

それ以上は考えたくなくて、栞は話を変えた。

「大学生って言ってたけど、何年生？」

「四回生です。だからもうすぐ卒業」

卒業旅行なのだろうか。だが、それにしては早い。栞のときは二月に卒業旅行に行った。

「わたし、三月から研修なんです。二月だとパリは寒いから……」

そう言われればそうだ。二月のパリは極寒と言ってもいい。

「でも三月から研修に行かないといけないなんて大変だね。せっかくの最後の長いお休みなのに」

そう言うと、彼女は少し寂しげに微笑んだ。

「働きはじめると、こんなふうに長いお休み取って旅行に行くなんてなかなかできないですよね」

息が詰まる。そんなふうに働いている人の方がきっとずっと多い。

「看護師になるんです。就職が決まった病院は、田舎だし、人員が少なくて忙しいから、長い休みなんて簡単には取れないと思います。こんなふうに長期の旅行なんて、きっと老後の楽しみになるんだろうな」

返事ができなかった。

昔なら、そんな生き方をするのはごめんだと思っていた。だが、今、なぜか栞は彼女をまぶしいと思っている。

彼女は強いられたわけではなく、自分の手でその人生を選ぶのだろうから。

たぶん、南美は栞のように、パリに倦《う》むこともなく、パリの中に沈み込むこともない。パリは、ずっと彼女の記憶の中できらきらと輝き続ける。

その後、ふたりでプチ・トランに乗った。モンマルトルを一周する、小さな可愛らしい市電だ。これなら、足を捻挫していてもモンマルトルの景色が楽しめる。

プチ・トランの中で、南美は子供のように目を大きく見開いて、ガラス窓から外を眺めていた。栞は景色よりも、そんな南美の顔を記憶に刻みつけたいと思った。

夜まで南美をいろんな場所に連れて行くつもりだったが、南美の友達から電話があった。

携帯電話を切った南美がうれしそうに言った。

「友達が、買い物が済んだから、セーヌ川のクルーズに行こうって」

それはいい。それなら、足にも負担は少ない。

友達はお金持ちで、南美とは少し立場が違うようなことを聞いたけれど、それでも彼女らだって、南美のことを大事に思っているのだろう。

お互いのSNSのユーザー名だけ交換して、栞は南美をバトー・ムーシュの乗り場まで連れて行った。

本当はパリにはもっと美しい場所があって、そこに南美を案内したいと思ったけれど、それよりも友達と一緒に過ごす方が、南美には楽しい時間になるだろう。

バトー・ムーシュの乗り場には紙袋をいくつも持った南美の友達が並んでいた。ヘルメットを返してもらって、別れを告げる。

「終わったら送ろうか？」

念のためにそう尋ねると、南美は首を横に振った。

「帰るだけならタクシーで帰れるから」

栞は、自分のヘルメットをかぶって、またスクーターにまたがった。帰り道のパリは、なぜかはじめて訪れた日のように輝いて見えた。


時刻はまだ午後二時を過ぎたあたりだ。

センチメンタルな気分になって、ポン・ヌフからセーヌ川を眺めていると携帯電話が鳴った。

見慣れない番号が液晶に表示される。日本ではなく、パリの番号だ。電話に出ると早口のフランス語が聞こえてくる。

何度か聞き返して、ようやく理解できた。

昨日訪ねたホテルからの電話で、悠子のスーツケースが出てきたので、取りにきてほしいということだった。

「そちらから日本に送ってはもらえないの？」

そう尋ねてみたが、それは無理だという。まあ、悠子が送料を持ってくれるというのだから、預かって栞が送ればいい。

南美のおかげか、今日は人に親切にしたい気持ちが高まっている。

またスクーターにまたがって、五区のホテルに向かった。

ホテルのフロントには、昨日と同じ金髪の女性がいた。

「これでしょう。間違えた人が気づいて送ってくれたの」

見れば、鮮やかな青い革のスーツケースが、ロビーに置いてあった。サイズとしてはやや小型で、容量は五十リットルほどだろう。ネームタグを確かめると、ＹＵＫＯ　ＳＡＷＡの文字がある。間違いない。

盗難ではなく、取り違えだから中身もなくなっていないはずだ。持ち上げてみるとずっしり重い。

念のため、受け取りの書類にサインしてから、スーツケースを受け取った。ビッグスクーターの後部座席に縛り付けて運べそうだ。

そのまま、エリックの部屋に帰った。夜になると言ったから、彼は出かけているかもしれない。

スクーターをアパルトマンの中庭にある駐輪場に停めて、青いスーツケースを下ろす。

スーツケースを持ったのはひさしぶりで、少し旅心が芽生えた。

パリにいれば、ヨーロッパの他の国に行くのも簡単だ。ロンドンにはユーロスターで二時間十五分で行けるし、アムステルダムも三時間二十分だ。イタリアのミラノやフィレンツェだって、夜行列車で一晩あれば着いてしまう。

もしくは、日本に帰るか。

昨日までは、どうしても目に入れたくなかったその選択肢が、急に強く存在を主張しはじめた。

パリにいることにこだわるより、日本に帰って自分の足場を固めること。

ビジタービザでは働くこともできないし、パリで興味のある写真の学校に通うとしても、今はその授業料を払うことも難しい。

日本でなら、働きながら学ぶこともできる。

南美に比べれば遅いけれど、まだ歩き出すことはできる。

そう思いながら、スーツケースを抱えて、エリックの部屋がある五階に上がった。

エレベーターを下りて、ドアに鍵を差した。ドアを開けたとたん、なぜか寝室から大きな音が聞こえた。

どうしたのだろう、と思う。

エリックが家にいるのだとしても、こんな時間に寝室にいるのは珍しい。昼寝をするときは、だいたいソファだ。

「エリック？」

不思議に思いながら、寝室のドアを開けた。ノックすることなど考えもしなかった。

目の前に、半裸のエリックが立ちはだかった。

「シオリ、遅くなるんじゃなかったのか？」

「友達の予定が急に変わって……」

エリックの身体の向こうから、黒い髪が見えた。

伸び上がって、寝室をのぞく。

ベッドに女の子が座っていた。上半身裸で、ふてくされた顔をしている。

驚きすぎて、声が出なかった。

見たことのない華奢《きゃしゃ》な女の子。ショートカットの黒い髪と、細い首の東洋人だった。日本人か中国人か、はたまた韓国人なのかはわからない。

だが、栞の頭に浮かんだことがあった。

栞は、語学学校の近くのカフェで、エリックに声をかけられた。前の彼女もそこで勉強していた日本人だったと聞く。

だとすれば、今度も同じだろう。語学学校の生徒に声をかけて、アパルトマンに連れ込んだ。もしかしたら、これがはじめてではなかったのかもしれない。

「シオリ、聞いてくれ。急に彼女が気分が悪いと言うから……」

どこかで聞いたようなことを言い出すエリックに、栞は苦笑した。

不思議なことに、あまり腹は立っていない。ベッドに座っている女の子が、あまりに自分に似ているからだろうか。

要するに、エリックは華奢な東洋人の女の子が好きなだけで、そういう意味では栞だって愛されていたのだろう。

栞の愛情にだって、欲望が混じっていた。だから、エリックの愛情が欲望と背中合わせだったからといって、責めることはできない。

ただ、不実だけは別だ。

栞は寝室のドアを、エリックの前でぴしゃりと閉めた。

クローゼットを開けて、自分が日本から持ってきた安物のスーツケースを引っ張り出す。

それからクローゼットの自分の服を片っ端からスーツケースに放り込んだ。

なんて身軽なんだろう、と思う。

エリックに裏切られてしまえば、自分とパリをつなぐものなどなくなってしまうのだ。

そう考えたとたん、急に涙があふれた。

結局、栞が愛していたのはこの街で、彼ではなかったのかもしれない。

第六話　キッチンの椅子はふたつ

椅子をひとつ捨てることにした。

そう言うと、春菜《はるな》はちょっと眉間に皺を寄せた。きっと、「またママの気まぐれがはじまった」と思っているのだろう。

「ごはんはどこで食べるの？」

「もうひとつの椅子で食べたらいいやん」

今現在、星井優美《ほしいゆみ》と春菜の住む部屋には、ダイニングテーブルと二脚の椅子がある。築三十年だか四十年だかの古い住宅で、間取りは2DK。今時、リビングのない部屋なんて、新築ではほぼ皆無だろう。

優美はいいかげん、この間取りにうんざりしていた。なによりダイニングキッチンが狭いのだ。冷蔵庫とテーブルと椅子を置けば、それ以上なにも入らない。テーブルとキッチンの間に身体をねじ込むようにして、料理を作らなければならない。

ふたつある椅子をひとつにしたら、少しはすっきりするだろう。

椅子がひとつになれば、ダイニングテーブルももう少し小さいものでいい。

春菜は去年、大学生になった。ほとんど毎日のように、居酒屋のアルバイトに精を出しているから、夜、家で食事をすることがなくなった。

朝は優美が出勤してから、のんびりと起きてきて大学に行く。休みの日は友達と遊びに行く。ふたりで食事をすることなどめったになくなった。ダイニングの椅子はふたつもいらない。

寂しい気持ちもあるが、それよりも高校に通っていたときよりもずいぶん楽になって、助かっている。

中学高校と、毎朝早起きをしてお弁当を作った。夜が遅くなりそうなときは、前の晩から夕食の準備をした。

優美が夫と別れたのは、春菜が中学一年生のときだった。もし、もっと幼かったら、春菜をひとりで留守番させることも難しく、獣医という仕事を続けられなかったかもしれないと思う。

夫は優しい人だった。酒を飲んで暴れるわけでもなく、ギャンブルをするわけでもない。だが、自分が彼を本当に愛したのだろうかと思うと、どこかやましさが残る。

たぶん、最初から心には距離があった。同じ職場で働いて、つきあって、結婚したはずなのに、優美は夫を心から愛して、寄り添うことなどできなかった。

だから、彼に別の相手がいることを知ったときも、本気で詰《なじ》ることはなかった。

事務的に離婚の話を進めて、そして別れた。慰謝料の代わりに、住んでいたこの部屋をもらった。場所は便利だが、古いからそこまで高い物件ではない。買うときには、優美だって半分払った。

春菜は、優美についてくることを選んだ。

「パパの方が楽やと思うで。新しいお母さん、もう決まってるし」

そう言うと、春菜は眉間に皺を寄せて答えた。

「知らない人と住むなんて、うっとうしい」

春菜は自分に似ていると思う。愛想が悪く、どこか冷めていて、勉強だけはできる。十代の頃の優美にそっくりだ。さぞ生きづらかろうと思う。

自分と似ているせいで、どうも叱《しか》りにくい。身なりにあんまりかまわないのもどうかと思うが、自分だってそんなに外見を磨いているわけではない。風呂にさえ入れば、美容院で白髪染めをしてもらう以外、普段はメイクすらしない。

だが、さすがに中学生の服をそのまま着ている春菜にはびっくりだ。平気で、優美の服を着て出かけたりもする。高級な服ではなく、優美が部屋着にしているスウェットなどだ。いちばんおしゃれをしたい年代ではないだろうか。

「新しい服、買《こ》うたげよか」

と言うと、春菜はさらりと答える。

「いらない。そのくらいならお金ちょうだい。本買うから」

「そんな格好してたらモテへんで」

「モテんでいい」

木で鼻をくくったような返事。夫にときどき会いに行くのもお小遣いが目当てだとはっきり言っていた。

「おとーさん、あんまり好きじゃない。ふたりで食事するからって言われたのに、奥さんが一緒だったりするし」

「大事な人やから、春菜にも仲良くしてほしいんよ」

「それにしたって、よく知らない人に会うのは心の準備がいるわ」

それは同感だ。

新しい妻との間に子供はいないと聞くから、夫は春菜を引き取りたいのだろう。だが、優美に似ている春菜が、夫やその妻と暮らすことはないと思う。

春菜はふふっと笑った。

「おとーさんの奥さん、関西出身で大阪弁だったたよ。大阪弁の女の人好きなのかな」

「偶然でしょ」

高校までしか関西にいなかったのに、優美の大阪弁は少しも消えない。意識して大阪弁を喋ろうと思ったこともなく、意識して標準語を喋ろうと思ったこともない。だれも注意しないし、指摘しない。たまに、患畜の飼い主さんから「先生、関西の人なんですね」などと言われる程度だ。

春菜は東京生まれの東京育ちだが、ときどき優美につられるのか妙な関西なまりを話すことがある。

春菜は、立ち上がってカレンダーを見に行った。

「粗大ゴミの日、明後日だよ」

「フリマで売るからいいわ」

「フリマで？　椅子一脚だけ？」

「そう。売れなかったら捨てるけど、まだ壊れてへんねんからもったいないでしょ」

たしか、ここに越してきたとき買った椅子だから、十年しか使っていない。傷もついていないからもったいない。

「出店料もかかるんでしょ。もうかるの？」

「もうからない。でも、まだ使えるものを捨てるのが嫌なだけ」

小さくなった春菜の服も、夫が置いていったものも、すべてフリーマーケットで売った。ものを捨てられないというのは、優美の業みたいなもので仕方がないのだ。

本は古本屋で売り、壊れていない家電はリサイクルショップに売る。他のものはフリーマーケットで並べる。ただみたいな値付けにしておけば、みんなが持って行ってくれる。

ゴミ屋敷になることを考えれば、持って行ってくれるだけでありがたいと思う。

春菜はまた笑った。

「おとーさんのことは捨てたくせに」

「お母さんが捨てられたのよ」

何度そう言っても、春菜は優美が夫を捨てたという。

たぶん、娘からそう見えるほど、優美は夫に冷たかったのだろう。

四十九歳。バツイチで母子家庭。

響きはそんなによくない。見てくれもすっかりおばさんになった。勤めている動物病院には、若い女性の看護師が何人かいるが、誰も優美のような四十代になりたいとは思わないだろう。

ただ、それなりにうまくは切り抜けられたと思っている。

春菜は大病もせず、非行にも走らずに十九歳になった。大学にも入れてあげられた。夫からの養育費も貯金もあるから、何年も留年しない限り、卒業までの学費は払ってあげられるだろう。

春菜は奨学金を受けたがったが、優美はやめさせた。

自分が奨学金で高校と大学に行った。その奨学金を返し終えるのには三十代半ばまでかかった。まだ給料の少なかった時期は、毎月やってくる二万円の返済が重荷だった。就職の状況は、優美が大学を卒業した二十五年前よりもずっとずっと悪い。春菜が自分以上に苦労をするのは見たくない。

甘やかしているわけではない、と自分に言い聞かせる。

優美の新卒時代は、まだバブルで、就職も楽だったし、初任給も今よりよかった。今は大学を出たって、正社員になれるかどうかもあやしい。

しかも、独文科なんて、就職に大きなプラスになるとも思えない。ノーメイクのジャージ姿で、畳に寝転がってゲーテを読んでいる春菜を見ると、今は昭和か、とつっこみたくなる。

もっとも、彼女の進路に優美は口を出していない。それは彼女が選ぶことだ。

自分が技術職で助かったという思いがあるから、できれば彼女にも理系とか、もしくは経済学部など実用的な進路に進んでほしかったが、それはただの希望に過ぎない。数学よりも英語や国語などの成績がよかったから、たぶん文系に進むのだなとは思っていた。

まあ、それも彼女の人生だ。大学を卒業させたら、もう自分のやることはほぼ終わったようなものだ。

切り抜けた。そのことばがいちばん実感に近い。

外からは飄々《ひょうひょう》として見えたらしいが、離婚して、春菜をたったひとりで育てていくことになったとき、内心ではとても不安だったのだ。

仕事と家はある。問題は春菜のこれからの学費だ。仕事をクビになったり、自分が病気になったら、春菜の人生に大きな影を落としてしまう。

春菜を夫にまかせるという道もあるが、彼女が望まないのなら、それもしたくない。

優美に似て、美人ではなく、愛嬌《あいきょう》もなく、成績だけはいい。教育をきちんと受けさせることが、彼女の人生を左右するのは間違いない。

今なら、もし優美が死んでも、生命保険と貯金で、大学を卒業することはできるだろうし、その後は彼女が自分で働くだろう。

そう思ったときに、ふと身軽になった。

春菜は手のかからない子供だった。赤ん坊のときは、ミルクをよく飲んでぐっすり眠った。大きな病気もしなかった。

中学生になっても、高校生になっても、学校から呼び出しを受けることなどはなかった。

優等生と言うわけではなく、たまに学校をずる休みして、家で寝ていることは知っていたが、その程度なら優美だってやった。次の日から、また学校に行く気になるのなら、一日くらいさぼったって、別にたいしたことではないのだ。

春菜のために身を粉にして働いたという実感は乏しい。洗濯や掃除は、中学生の頃からやってくれたから、むしろ助けてもらったと思っている。

それでも、もう自分がいなくても大丈夫だと思ったときの身軽さは、これまでと全然違った。

どんどん、家にいる時間が短くなり、自分でお金を稼ぐようになる。いつかはこの家から出て行くかもしれないし、結婚だってするかもしれない。今は十九歳の女子とは思えないほど色気がないけれど、同じように色気のない優美だって結婚できた。

彼女の人生から、少しずつ母が必要なくなっていく。

それは健全で、当たり前のことだ。でも、だからって寂しさを感じないわけではないのだ。

その日曜日、春菜は珍しく朝早く起きてきた。

いつもは昼過ぎまで寝ていて、遅い朝昼兼用の食事をとった後、夕方から居酒屋のバイトに出かけていく。

優美も日曜日は仕事が休みだ。朝から洗濯機を二回まわして、ベランダを洗濯物だらけにしていた。

「珍しいのね。なにか食べる？」

まだ椅子は売っていないから、ふたりで朝ごはんを食べられるのに、春菜はそっけなく言った。

「お腹空いてないからコーヒーでいいや」

居酒屋のバイトのせいで、まかないを食べるのが毎日十一時近くになると聞いていた。

そのせいで、朝はなかなか空腹にならないのだろう。

コーヒーメーカーのスイッチを入れていると、春菜はなぜか台所の隣にある和室に入った。普段、優美が寝室にしている部屋だ。押し入れを開けて、のぞき込む。

「なに探してるの？」

「ほら、おばちゃんからもらったスーツケースあるでしょ。あれ、どこ？」

「スーツケース？」

「青い、きれいなの」

思い出した。五月にフリーマーケットで売ったものだ。

去年の冬、春菜の伯母の加奈子《かなこ》が亡くなった。胃癌だった。

別れた夫の姉で、疎遠になってもおかしくないのに、優美と春菜のことを常に気にかけてくれた。別れるときも、夫の親族の中で、唯一優美の味方になってくれた人だった。

本人は、結婚もせず、子供もいなかったから、春菜のことを大事に思ってくれていたのだろう。

加奈子が胃癌になったのは、十年前だ。そのときは、胃の三分の一を摘出した。だが、五年後再発して、今度は胃を全摘したのにもかかわらず、その後、あちこちに転移が見つかった。手術、抗癌剤治療、放射線治療と、手を尽くしたが、彼女はまだ五十代の若さで亡くなった。

お見舞いにはときどき顔を出した。

もうつながりは薄い人で、他の親戚と鉢合わせると露骨に嫌を言われることもあったが、加奈子は優美と春菜が自宅や病院を訪問すると、とても喜た。バイトで忙しくしていた春菜は、買い物に誘ってもついてこない子の見舞いに誘うと、予定を調節して必ず一緒にきた。露骨に感情や愛情表現をすが、加奈子が自分を気遣ってくれていることは、ちゃんとわかっていたのだろう
亡くなる半年ほど前、病室で加奈子は言った。

「そんなにあげられるものは持ってないけれど、ダイアモンドの指輪や琥珀《こはく》のネッがあるのよ。わたしが死んだら、春菜ちゃんにあげるわ」

「お義姉《ねえ》さん、そんなことは言わないで……」

春菜も唇を尖らせた。

「そうだよ。別にいらないよ。おばちゃんがよくなって、また一緒に出かけられたりする方がずっとうれしいよ」

加奈子は寂しそうに笑った。

「そんなふうに言ってくれるのも、優美ちゃんと春菜ちゃんだけだわ。他の親戚はみんなもういい加減、うんざりして、わたしが死ぬのを待ってるんでしょうね」

加奈子の親戚とはもうめったに顔を合わせることはない。舅《しゅうと》と姑《しゅうとめ》は結婚前にもう亡くなっていた。結婚式に出席してくれたのも加奈子だけだった。だが、離婚するとなると、なぜか夫の叔父だとか従姉妹だとかが、いろいろ口を出してきて面倒だったことを覚えている。

自分たちにはなんの関係もないはずなのに、慰謝料や養育費のことにまで口を出してきた。

あの人たちなら、加奈子を邪険に扱ってもおかしくはない。

そして、加奈子が死んだ後、形見分けとして、優美の家に届けられたのは鮮やかな青の真新しいスーツケースだった。

馬鹿にしている、と思った。ブランド品ではないし、値段も高くはないだろう。いや、高級品かどうかはそれほど関係ないのだ。

形見分けならば、加奈子の愛用していたものをもらいたかった。加奈子の言[illegible]病気になる前も特に旅行好きではなかった。夫と結婚していた時期も旅行[illegible]

[illegible]モンドの指輪などでなくていい。加奈子の存在が感じられるものを。

五年前から闘病していた加奈子が、スーツケースを自分で買[illegible]は[illegible]ったなどという話は聞いたことがない。

たぶん、だれかの家にあって、もてあましていたものを押しつけられたのだ。

それでもしばらくの間は押し入れにしまっていた。

だが、古い間取りの部屋は収納スペースが少ない。スーツケースは嫌でも場所をとった。毎日、布団を上げ下ろしするときに目について、腹が立った。

優美はほとんど旅行をすることがない。

たまに、仕事のセミナーで地方に行く程度だ。

娯楽にお金を使うくらいなら、春菜の学費のために貯金をしたかったから、ここ十年ほど温泉にも行っていない。

もし、春菜が卒業して、少しは余裕ができたとしても、せいぜい国内旅行しか行くつもりはない。獣医という仕事は、常にいつどうなるかわからない患畜を見ている。入院している子もいるし、いきなり発作を起こして運び込まれる子もいる。

あまりに遠いところに行っていて、なにか問題が起きたとき、駆けつけられないのはいやだった。

優美の働いている動物病院はほかにふたりの獣医がいるから、夏休みなどは取れるが、それでも自分が担当している患畜が難しい状態になったときは、携帯に知らせてもらうことにしている。

もし自分が海外旅行に行くことがあるとしたら、獣医という仕事を引退してからだ。パスポートも持っていないし、このまま一生行かなくてもかまわない。

つまりは、そのスーツケースは、星井家では無用の長物なのだ。

春菜も、海外に旅行に出てブランドものを買うような娘だとは思わない。そう考えて、優美はそのスーツケースを売ることにしたのだ。

加奈子の形見なのだから、捨てるつもりはない。だが、そのスーツケースを気に入って、使ってくれる人がいるのならば、うちで眠らせるよりもずっといいだろうと考えた。

「もう売ってもうたよ。使わへんでしょう」

そう言うと、春菜は目を見開いた。

「マジで？　ママ、思い切りよすぎ。加奈子おばちゃんの形見だよ」

「形見って言うたって、どう考えてもおばさんが使ってたものやないやん」

「まあ、そうなんだけどさ」

形見分けがスーツケースだったことには、春菜と一緒にずいぶん文句を言った。

「なに？　あんた、あのスーツケース欲しかったの？」

「欲しかったよー。ママが売っちゃうとは思わなかった」

それならそうとはっきり言えばいいのに、と心で舌打ちをする。

「でも、旅行なんてめったに行かへんでしょ。行くときにレンタルで借りたらええやん」

この狭い家にめったに使わないスーツケースを置きっ放しにすること自体が無駄だ。

春菜はなぜか顔をしかめた。

「どこか行くの？」

「いや……行かないけど」

なにか言いたそうにも見えるが、こういうときは無理に追及しないことにしている。

「行かないなら別にええでしょ。形見って言っても、加奈子おばさんが直接くれたものと違うし、わたしはそんなに思い入れないわ」

加奈子の死後、親戚によって適当に送りつけられたものだ。そんなものまで大事に置いておかなければならない理由はない。

「ママはドライだよね」

春菜はためいきのように言った。

知っている。でなければ、しょっちゅう生き物の死なんて見られない。

青いスーツケースを買ってくれた女性のことは覚えている。

二十代半ばか、もう少し上の小柄で可愛らしい女性だった。暑い日だったのに長袖を着ていた。

優美に必要ないものではあるけれど、加奈子の形見なのだから気に入らない人には売りたくなかった。その女性に売ることに決めたのは、彼女がそのスーツケースに恋をしてしまったように見えたからだ。

通り過ぎようとして、また戻ってきた。じっと見て立ち去ろうとしたのに、目はスーツケースから離れなかった。しばらく悩んだ様子を見せてから、優美に声をかけてきた。

その顔を見て考えた。いくらでもいい。この人に買ってもらおうと。

それまでは売ってしまうことに少し躊躇《ちゅうちょ》があったが、彼女の顔を見て吹っ切れた。スーツケースだって、優美の家の押し入れで一生に一度あるかないかの出番を待つよりも、もっと身軽な人に買ってもらって、いろんなところに行った方がうれしいに決まっている。

彼女ならばいろんなところにスーツケースを連れて行ってくれるだろう。

値段交渉が成立して、スーツケースを手に入れた彼女は、うれしそうなのにどこか困ったような顔をしていた。

その表情の意味はちょっとだけ見当がついた。

すごく欲しいものと出会って、買うつもりがなかったのに衝動買いしてしまったときの顔だ。

スーツケースが必要で買うとか、単に安いから買うとかではなく、そんなふうに彼女と加奈子のスーツケースが出会えたことが、素敵なことのように思えた。

たぶん、優美がこれからの人生で恋に落ちる可能性はそんなに多くはないだろうけど、そんなふうになにかと出会うことならあるかもしれない。

まるで恋みたいに戸惑いとうれしさを嚙みしめて。


春菜はなにか言いたそうにしている。

最初におかしいと感じたのは、スーツケースの件だったが、そのあとも、いつもより早く帰ってきたり、キッチンの椅子で長い時間過ごしたりしていた。

昔から、なにか頼みたいときにする行動だった。

お小遣いをあげてほしいとか、買ってもらいたいものがあるなんてときがそうで、普段は、食事の後やお茶を飲み終わった後、さっさと部屋に帰るのに、そういうときはなにも言わずに優美のそばにいる。

何度か尋ねてみたが、春菜はいつもことばを濁した。

それは、木曜日のことだった。

日曜日以外は病院は開いているから、獣医たちは交代で休診する。木曜日は優美の休診日だった。

天気が悪かったので、布団干しと洗濯はあきらめて、部屋中に掃除機をかけた。春菜の部屋にも入る。

中学生や高校生のときは、部屋に入られることをいやがった春菜だが、大学生になってからはそんなこともなくなった。

朝から晩まで出かけているから、掃除も行き届かないし、布団も干せない。窓を開けて換気をしたり、掃除機をかけて、ゴミ箱のゴミを捨てるくらいのことは優美がやるようにしているし、春菜も納得している。

もちろん、机の上のものを弄り回したりはしない。親子といえどもプライバシーはある。

その冊子が目についたのは、机のいちばん上に置いてあったからだ。

表紙には「交換留学カリキュラム申し込み方法」と書いてある。その文字を読んだとき、息が詰まりそうな気がした。

自然と手が冊子に伸びていた。

冊子には読み込んだ跡がついていた。息苦しいような気持ちになりながらページをめくる。

どうやら、春菜が通っている大学は、ドイツの大学と姉妹校になり、交換留学のカリキュラムを組んでいるらしい。

期間は来年の四月から一年。ドイツの大学で取得した単位は、そのまま大学の単位として計算される。独語のレベルが足りない学生は二月からドイツに滞在して、語学研修を受けることができる。

読みながら手が震えた。

滞在できるのは学生寮であり、家賃と学費を合わせて、月額七百ユーロ。一ユーロがいくらかなんて、調べたこともない。あわててスマートフォンで調べる。

百四十円という文字を見て、めまいがした。

しかもそれだけでは済まないだろう。授業に必要な本も、今は春菜が自分のバイト代で買っているが、ドイツに留学してしまえばアルバイトなどできないはずだ。学生のビザと就労ビザは違う。それとも、学生がアルバイトをする程度ならば大丈夫なのか。

わからないことだらけだ。

お金のことだけではない。一年も春菜が自分のそばからいなくなってしまう。

そう考えただけで、目の前がまっくらになった。

ずるい、と思った。

ずっと苦労して育ててきて、ようやく少し余裕ができたと思ったのに、目の前からいなくなってしまうなんて。

いつか独立することは覚悟していた。でも、まだ時間はあると思っていたのだ。あと二年半は優美のそばにいてくれるはずだった。

なのに、春菜があと数ヶ月でこの家からいなくなるなんて、耐えられない。

立っていたつもりなのに、いつの間にかベッドに座り込んでいた。

身体の震えが止まらなかった。自分がこんなに動揺するなんて信じられない。

いつも冷静でいたはずなのに。夫の浮気を知ったときも、もっと落ち着いていられた。

子犬や子猫の頃から知っている患畜たちの死も、悲しみを抱えながらも静かに見送ることができた。

だが、春菜があと数ヶ月で家を出てしまうことだけは我慢できなかった。

自分の動揺が不思議だった。

いつかは就職や結婚で独立することは覚悟していたのに、それが少し早いだけで、こんなにも耐えがたく感じられるものだろうか。

もう少しだけは続くと信じていた時間を奪い去られることが耐えがたいのかもしれない。

それに、距離だ。国内なら、まだ受け入れられる。

ドイツなんてなにかあったときに駆けつけることもできないし、ちょっとした休みに会うことだってできない。

一年ならば、ほぼ一年、離れたままになる。春菜の性格では休暇も帰ってこないかもしれない。

いや、それだけではない。向こうで恋人を作ったり、仕事を見つけて、春菜がドイツに住むことを選択したら、一生離ればなれになる。それだけはいやだ。

子離れのできない親のことを、いつも軽蔑してきた。

自分なら、春菜が独立するときも、いつも通り見送ってやれると信じてきた。

なぜ、自分の感情すら思うようにならないのだろう。

春菜が交換留学の説明書を優美に渡したのは、その日の夜だった。

あらかじめ、気がついていてよかった、と心から思う。いきなりだったら、取り乱してしまったかもしれない。

「ママ、お願いがあるの。大学でシュトゥットガルト大学との交換留学生を募集しているの。わたし、それに応募したい」

優美は呼吸を整えた。なるべく平静を装って言う。

「あかん。そんな余裕はないわ。普通に大学の学費を払うだけで精一杯なのに」

これは嘘ではない。獣医はそんなに収入の多い仕事ではない。

春菜は一瞬失望した顔になった。だが、あきらめずに言いつのる。

「バイトを頑張って、六十万は貯めたの。もちろん、それじゃ足りないから、ママの助けは借りないといけないけれど、就職したら必ず返すから」

そんなに貯金していたとは知らなかった。どうりで毎日のようにアルバイトに出かけていくはずだ。

「就職活動はどうするの？　来年からやったら三年生でしょ。今は三年生から就活がはじまるって言ってたやん」

「そうだけど……帰ってきて、四年になってから頑張る。ママだって、三年生から就活しなきゃいけないなんておかしいって言ってたでしょ」

それは本当におかしいと思う。だが、そんなことを言っても制度と時代の流れは変えられない。それに従うしかない。

ただでさえ、今は正社員の口が少ない。戦いは苛烈《かれつ》だ。

「わたしは反対やわ。今、ドイツ語ができたからってそんなに就職に有利にはならへんでしょ」

春菜は明らかにむっとした顔になった。

「就職のために勉強するんじゃないもの。もっとちゃんと勉強したいの。本場で勉強できるチャンスなんてそんなにないもの」

「誰でも行けるわけではないんでしょ」

春菜は頷いた。

「でも、教授はわたしなら希望が通るだろうって言ってた。これまでの成績もいい方だし……」

小さく拳を握りしめた。春菜が単なる好奇心でこんなことを言っているのではないことはわかった。お金だって頑張って貯めている。

でも心が納得しない。ひとりで育ててきたのだから、そのくらいのわがままは通したいのだ。

優美はもう一度言った。

「無理やわ。考え直して」

春菜の顔が歪《ゆが》んだ。


椅子は売らないことにした。

椅子を売ってしまえば、春菜が出ていくことを許容することになる。そんなふうに思った。

だが、フリーマーケットの参加料はすでに払ってしまった。仕方がないので、押し入れを整理して不用品を探し出した。

もう何年も使っていないバッグ、結婚式の引き出物にもらったグラスセット。まだ春菜が小さいときに、よく焼いていたシフォンケーキの型。

どれも安い値でしか売れないだろうけど、まあそれはそれでかまわない。

シートを敷いて、フリーマーケット会場で客を待ってぼんやりするのは嫌いではない。

商品を見てくれる人とちょっとだけお喋りをして、のんびりと空を眺め、そして急に携帯電話が鳴ったら即座に撤収して、職場に向かうこともできる。気分転換には最適だ。

春菜が子供のときは、春菜と一緒に出かけた。子供も多いし、春菜の服や靴も買うことができた。子供が騒いでも、目くじらを立てる人はいない。

朝からお弁当を作って、春菜と一緒に出かけた。夫はそんなときも一緒にくることはなく、家でＤＶＤを見たり、ロードバイクに乗って遠くに出かけたりしていた。

やがて、春菜も一緒にこなくなり、優美ひとりだけになる。

ものを捨てられない以上は売るしかない。ネットオークションで売れるほどいいものではなくても、フリーマーケットでただ同然の値付けをしていれば、持って行ってくれる人はいる。

それでも十年前にくらべれば、ずいぶん人は減った。不況で安いものを必要としている人は増えているはずなのに、安い衣料品店やネットのフリマが増えたからだろうか。

自分のまわりから少しずつ人が消えていくのと似ている。

祖父母が死んで、夫が去り、父と母が相次いで死んで、次は春菜が去って行こうとしている。

いつかはひとりになることは知っているし、それに耐えられないほど孤独に弱いわけではない。だが、もう少し先延ばしにしたいのだ。それはわがままなのだろうか。

暗い波動を出していたせいか、誰も優美に近づいてこようとはしなかった。仕方ない。

今回は商品だってろくなものを出していない。

もう帰ろうと片付けはじめたときだった。

「あの……」

声をかけられて顔を上げた。小柄な女性がひとり立っていた。

一目見ただけで思い出した。あのスーツケースを買った女性だ。たった一度しか会っていないのに、はっきりと思い出せる自分が不思議だった。

「五月に青いスーツケース売ってた人ですよね」

優美は頷いた。

「そうです。その後、どうですか」

まさか返品などは言い出さないだろう。まあ三千円なのだから、返品されても別にいいけれど。

彼女は急に早口で話し出した。

「わたし、あのスーツケースでニューヨークに行ったんです。はじめてのひとり旅でなかなか思い切れなかったから、あのスーツケースに背中を押してもらったような気持ちで……」

驚くが、返品や苦情ではないようだ。優美は微笑んだ。

「そう、それはよかったです」

「スーツケースを貸した友達も、いいことがあったり、なにか吹っ切れたりしたから、『幸運のスーツケースだね』とか話してたんです」

　複雑な気持ちになる。幸運を手放してしまった残念さと、手放してよかったと安堵《あんど》する気持ちが入り混じる。

　幸運のスーツケースなんか持っていたら、春菜が宝くじでも当てて、留学してしまうかもしれない。

　どう考えても幸運のスーツケースがもたらすのは、旅立つ人のための幸運で、残される人のためではない。

　彼女は手に持った鞄をがさがさとかき回した。

「で、スーツケースの中に、これが入ってたんです。もしかしたらお返しした方がいいかもしれないと思って……」

　差し出されたのは一枚のメモ用紙だった。二つ折りにされたそれを開く。

　書かれていたのはたった一文。

「あなたの旅に、幸多かれ」

　まるで加奈子の声が、その文を読み上げたように感じた。

やっと気づく。もしかしたら、本当に加奈子があのスーツケースを贈ってくれたのかもしれない。

一生旅に出ないであろう優美のためではなく、外の世界に足を踏み出す春菜のために。

手が震えた。

加奈子は気づいていたのだろうか。春菜が旅立とうと思っていたことを。もしかしたら、優美の知らないうちに春菜が話したのかもしれない。

呆然としていたのだろう。気づけば、女性が優美の顔をのぞき込んでいた。

「あの、大丈夫ですか？　もしかしたらあのスーツケース、すごく大事なものだったんじゃないですか？」

優美は小さく頷いた。

「そうだったみたい。気づかなかったけど」

「返します！　あの、もうあっちこっち行ってぼろぼろだけど、返します」

「いいえ、いいの。売ったものを返せとは言わないわ」

「いいんです。でも本当にボロボロなんです。友達に貸しまくって、あっちこっちに行って、パリで行方不明になって、また返ってきたりとか」

本当に返してもらうつもりなどなかったのだが、それを聞いたら返してもらってもいいような気がしてきた。

着払いで送ってもらうことにして、住所と名前をメモして渡す。彼女は山口真美と名乗った。

「わたしは幸運をちゃんともらったから、次からは自分で選んだスーツケースで行きます」

彼女は胸を張ってそう言った。

青いスーツケースは、その三日後に優美の家に届けられた。

ボロボロになったとは聞いていたが、想像以上に傷だらけでくたびれていた。売ってから半年しか経っていないとは思えないほどだ。

地球を一周くらいしてきたのかもしれない。

ニューヨークに行って、そのあとパリで行方不明になったというのだから、あながち大げさな考えではない。

加奈子の魂が、このスーツケースに宿っているのだとしたら、さぞかし旅を楽しんだだろう。

バイトから帰ってきた春菜が目を丸くした。

「うそ、このスーツケース、返ってきたの？」

「そう。偶然に導かれてね」

笑顔で傷だらけになった表面を撫でる。

「ずいぶん貫禄ついたよね。ぴかぴかのときより、かっこよくなった」

「スリも狙わへんでしょ。こんなボロボロのスーツケース」

「まあね。でもいい感じだよ」

うれしそうな顔でスーツケースを眺めている春菜を見ながら、優美は呼吸を整えた。

「留学のことだけど……」

そう切り出すと、春菜の顔がこわばるのがわかった。

「本当に行きたいのね。ちゃんと勉強するのね」

春菜は驚いた顔になった。だがすぐに頷く。

「ことばもちゃんと通じない外国で、知らない人に交じって勉強することも生活することも楽じゃないのはわかってるんでしょ」

またこくりと頷いた。

「絶対に一年間は、へこたれて帰ってこないって約束する？」

春菜は大きく首を縦に振った。目が子供のときのように輝いている。

「行かせてくれるの？」

「ちゃう。行くのに必要なお金を貸してあげるだけ。出世払いでいいからちゃんと返しなさい。あと、準備も段取りも全部自分でやるのよ」

もちろん、やれと言われても優美にはできない。今までろくに旅行をしたことなどないし、これからもするつもりはない。

ふと思った。春菜がドイツにいる間、一度くらいは訪ねてみてもいいかもしれない。うまく休みが取れて、容態が急変しそうな患畜がいなければのことだが。

それでも思うのだ。

加奈子のスーツケースが一緒にいてくれるのなら、きっと春菜は大丈夫だ。

優美は考えた。やはり椅子を売るのはやめよう、と。

キッチンは狭いけれど、椅子はふたつあった方がいい。

毎日一緒にいるのなら、顔をつきあわせて喋る必要はそんなにない。

でも、普段遠く離れていれば違う。彼女が帰ってきたとき、顔をつきあわせていろんな話を聞くために。

第七話　月とざくろ

スーパーで美しい果物を見つけた。

パックの中に、赤い粒がたくさん詰まっている。濁りがなく、透き通った赤は、子供の頃に遊んだおもちゃのビーズに似ていた。

Granatapfelと書いてある。グラナートアプフェルと読むのだろうか。

シュトゥットガルトにきて、約半年。日本ではあまり見ない果物をたくさん見た。りんごもいちごもまったく種類が違う。おおむね、日本のものよりも小さくて、少し酸っぱい。

いちごの旬が夏だと聞いて、びっくりしたこともある。日本では十二月から一月あたりに出回り、五月には市場から姿を消す。

ベリー類は特に豊富だ。日本ではスーパーで見ることなどない、ラズベリーやブラックベリー、クランベリーなどが、いちごのようなビニールパックで売っている。

寮のルームメイトであるロシア人のタニアは、それを大きなボウルに入れ、そのままスプーンでざくざくと食べている。

春菜も真似して、きれいな赤い実を買って食べてみたら、ひどく酸っぱかったことがある。後でそれはソースに使うベリーだということを知った。

半年くらいではなかなか異文化には慣れないものだ。

いや、ある意味慣れた。

スーパーで見たこともない、食べ方も知らない食料品を見かけること、役所に行くといつもたらい回しにされ、何事もスムーズに進まないこと、ちょっとした雑談をするのにさえ、努力と思い切りが必要とされること。

つまり、戸惑うことばかりで、なにも思い通りにいかないことに慣れてしまったのだ。

もともと、日本にいたときも、なにもかもがうまくいっているわけではなかった。同世代の女の子たちからは、どこか距離を置かれている気がしたし、だからといって男子はもっと遠い存在だ。

おしゃれにも芸能人にも流行の音楽にも興味が持てない。高校のときも、クラスメイトの話すことばの半分以上は、春菜の耳をすり抜けていった。

親切にしてくれる友達もいたし、よくわからない話でも聞いていればそれなりに楽しかったが、自分がこの世界に馴染《なじ》めない人間だという実感だけは消えなかった。

大学生になり、クラスの女子たちが、春菜に化粧をさせようとか、髪型を変えさせようとかするのも、うっとうしかった。

だから、日本にいるのもドイツにいるのも、さして大きな違いなどないのだ。生まれた国で馴染めないよりも、まったくの異国で馴染めない方がまだマシだというだけだ。

本当は少し思っていた。ドイツにきたら、日本で着慣れない服に身体を押し込んでいたのが嘘のように、自由になるのではないか、と。

だが、ドイツにきても、服に身体を押し込むように生きていることには変わりはない。ドイツ語は多少うまくなったが、こちらが勉強して理解できるようになるより先に、授業は難しくなる。留学生ではない、ドイツ人のクラスメイトも、遠慮なくドイツ語で話しかけてくるようになる。

いくつかの単語を聞き落としたり、ぼんやりとしか意味が捉えられないことはしょっちゅうだ。

派手なおしゃれをしている学生はそんなに多くはないが、お化粧をしていなくたって美しい子は多い。可愛らしいハムスターの群れに、一匹ドブネズミが交じったような気分になるのは、シュトゥットガルトでも同じだった。

もちろん、それは春菜のせいであり、他のだれが悪いわけでもない。

おしゃれもお化粧もめんどくさいくせに、他の子たちみたいにきれいになりたいなんて図々しすぎるし、そんなことは望んでいない。

ただ、この息苦しさの行き着く果てはどこなのだろう、と思うだけだ。

ぼんやりと、赤く美しい果実を眺めていると、同じクラスのエリカがスーパーのかごを持って通り過ぎた。

「エリカ」

声をかけると、彼女は笑顔で振り返った。

「あら、ハルナ」

春菜は、その赤い果実のパックをエリカに見せた。

「この果物なに？　食べられる？」

それを見たエリカは目をぱちぱちとしばたたかせた。

「グラナートアプフェルでしょ。食べられるわよ。そのままスプーンで」

これなに？　とドイツ人のエリカに聞いてしまったのは失敗だった。もし、春菜がりんごを見せられて、「なに？」と聞かれても「りんご」としか答えられないだろう。

とりあえず、買って帰って、辞書で調べるのがいちばんだ。

パックをひとつかごに入れると、エリカが近づいてきた。

「日本ではグラナートアプフェルは食べないの？」

「わたしははじめて見た。たぶん食べないと思う」

「ドイツでも売ってるけど、でも輸入品だと思う。サラだったら、おもしろい食べ方を知ってるかもよ」

サラは同じ寮にいるイラン人留学生だ。学校ではヒジャブで髪を隠しているが、寮ではショートパンツで部屋をうろうろしたりしている。イスラム教徒の女性は、室内でも髪や身体のラインを隠しているような気がしていたから、寮の廊下を歩くサラを見て、最初は別人かと思った。

室内でのサラは、ドイツ人や日本人の女の子と少しも変わらない。派手でおしゃれなワンピースを着たり、短いスカートをはいたりもする。足の指にも真っ赤なペディキュアを塗っていて、髪にもパーマをかけている。

だが、出かけるとなると、それをすべて黒い布で隠してしまう。

「じゃあ、サラに聞いてみる」

サラとは仲がいい方だと思う。

もちろん、ペルシャ語は少しも喋れないし、サラも日本語は話せないが、片言のドイツ語でぎこちなく会話をするし、目が合えば優しく微笑んでくれる。

彫りが深く、大きな目をしたサラはとても美人だ。微笑まれると、少しどきどきする。

寮に帰って、辞書でGranatapfelを引く。「石榴《ざくろ》」と書いてあった。ざくろなら知っている。といっても、絵や写真で見たことがあり、食べられることを知っているという程度だが。

日本ではスーパーなどで売っていないし、簡単に食べられるものではない。そういえば、イランでは料理によく使うと聞いたことがある。

買ってきたパックを開けて、水洗いし、スプーンで口に入れてみた。

小さな粒を噛みつぶすと、酸味のあるさわやかな果汁が口にあふれた。甘くて驚くほどおいしい。

だが、おいしいのは最初だけだった。

小さな粒、ひとつひとつに固い種が入っていて、それが口の中で主張する。口から出すには多すぎるし、小さすぎる。かといって、そのまま噛むと口の中がじゃりじゃりいう。

なんとか苦労して、種を呑み込み、次のひとさじを口に入れても同じだった。

最初は甘くて薫り高い果汁が口に広がる。だが、すぐに種のやっかいさが主張をはじめるのだ。

不思議な果物だった。魅惑的なのに、面倒なのだ。

日本でなぜ気軽に買えないか、よくわかった。葡萄《ぶどう》やスイカなんかも種なしにしてしまうほど、日本人は面倒なことが嫌いだ。

ドイツ人は、葡萄の種や皮もそのまま呑み込んでしまう。春菜が日本でやるように葡萄の皮を剝《む》いていたら、笑われてしまった。

日本人にしては神経質でない方だと自任しているのに、春菜はまだ葡萄の種を呑み込むことができない。ざくろの種は葡萄の種よりもずっと小さいから、呑み込むことはできるが、それでも面倒なことには変わりはない。

出してみたり、呑み込んでみたりと試行錯誤を繰り返しながら、ようやくパック半分のざくろを食べ終えたときには、すっかり疲れてしまっていた。

もしこれがブルーベリーならば、あっという間に食べてしまうような量だ。

春菜は半分残ったパックに名前を書いて、寮の冷蔵庫にしまった。

シュトゥットガルトは、ドイツ南西部の街だ。

大学に入るまで、どんな街かすら知らなかったし、名前だって覚えるのに時間がかかった。

Stuttgartという綴りは、今でも書くたびにTの多さに笑ってしまう。子音ばかりで母音が少ししかないから、日本人には発音が難しい。

半年以上住んだけれど、どこかとらえどころがない街だ。

都会と言えば、想像以上に都会だ。日本ではあまり有名ではない街だから、もっと牧歌的な田舎町を想像していたのに、近代建築や高層ビルが建ち並んでいる。大きなショッピングセンターもある。

ベンツやポルシェが本社を置いているのだから、田舎であるはずがない。

なのに、街の真ん中には宮殿があり、電車で十五分も行けば、絵本のような可愛らしい田舎町になる。

シュトゥットガルトがあるバーデン＝ヴュルテンベルク州には、黒い森と呼ばれる鬱蒼《うっそう》とした森林地帯が続いている。先月の夏休み、ミュンヘンに旅行をしたときは、古城の美しさやミュンヘンのおとぎ話のような街並みよりも、列車の窓から見る景色に目を奪われた。

森や林などは、日本でも海外でもそんなに変わらないと思っていたのに、見るからに違う。木の種類も、緑の色も、空気の匂いさえ違う。

そのとき、はじめて春菜は、「遠いところにきてしまった」と思った。ドイツにきてから、もう六ヶ月も経っているのに。

最初は無我夢中だった。ことばを覚えて、授業についていくだけでも大変だった。これまで外国の人と話したこともないのに、ドイツ人の先生や学生、それにいろんな国の留学生と交流した。

あまりの情報量に頭がパンクしそうで、自分が遠くまできたということをすっかり忘れてしまっていたのだ。母にメールすらしなかった。

フランクフルトから飛行機に乗ってしまえば、日本まで十二時間。帰ろうと思えば、すぐに帰れると思っていた。

だが、もし、なにかの理由で飛行機に乗れなくなってしまえば、もう絶対に帰れない。日本国内ならば、列車や船を乗り継いで帰れるし、本州ならば最悪歩いて帰ることができる。現実的ではないかもしれないが、江戸時代などはそうやって旅をしていたのだ。十日かかるか、一ヶ月かかるかわからないけれど、歩いていればいつかは辿り着く。

だが、ドイツから歩いて帰るのは絶対に無理だ。列車を乗り継いで帰ることも難しいだろうし、船だってあるかどうかわからない。

本当に、遠い。今同じ大学で勉強している友達で、過去に日本にきたり、この先日本を訪れる人がどれだけいるのだろう。街中ですれ違う人の中で、日本という国に関心がある人がどれだけいるのだろう。そう考えて急に春菜は怖くなってしまった。

そもそも、なぜ留学などしてしまったのか、自分でもわからない。

母には「どうしても行きたい」「前から夢だった」と話した。それが嘘だというわけではない。

だが、夢だと言っても「海外留学ってかっこいいよね」くらいのほのかな夢だ。そんなふうに考えている人はきっと春菜だけではなく、たくさんいると思う。

ドイツ文学は好きだったが、研究者として生活するのは簡単なことではない。そもそもポスト自体が少ない職業だ。

留学することが、自分にとって大きなプラスになるかどうかはわからない。むしろマイナスになってしまう可能性も大きい。

三年になってからの留学は、就職活動に影響が大きすぎる。交換留学プログラムに参加した学生は他にもいたが、春菜以外はみんな大学院への進学を希望していた。

院には進まない。春菜はそう決めていた。

これ以上母に負担をかけることはできない。

なのに、どうして留学しようなどと考えたのだろう。

交換留学というシステムがあって、お金はかかるが希望すれば留学できるのだと知ったとき、身体がかっと熱くなった。

行きたい。行って、自分の知らない場所で、知らない人たちに交じって生活して、ドイツ文学にどっぷり浸かりたい。

それは夢とか目標とかよりも、もっと生々しい感情だった。欲望だとしても、名誉欲とか知識欲とかそういうものではなく、食欲や性欲に近いような抑えがたい衝動。

空腹に耐えかねて、手づかみで皿のものを口に押し込むような、そんな勢いで春菜は留学の準備をし、ドイツまでやってきてしまった。

母に申し訳ないという気持ちはもちろんある。

結局仕送りもしてもらっているし、なにより母は寂しそうだった。

母子家庭で、これまで働きづめだった母によけい負担をかけてしまった。そのことを考えると胸が痛んだ。

それでも、行かないことは考えられなかった。なにかが春菜を突き動かしていた。

それがなんなのかは、今でもわからない。


パソコンを立ち上げて、メールチェックすると母からメールが届いていた。

日本の携帯電話はこちらでも使えたが、高額になるし、ただ番号維持のために基本使用料を払い続けるのももったいない。解約して、こちらで安い携帯電話を契約しなおした。母には電話番号だけを教えたが、電話がかかってくることはない。メールはいつもパソコンのアドレスに届く。急ぎの用がないのはいいことだ。

メールを開くと、同窓会の案内状が自宅に届いたという連絡だった。十一月というから、帰るのは無理だ。母から欠席のはがきを送ってもらうことにする。

用件の後に、こう書いてあった。

「クリスマス休暇はあるんでしょう。飛行機代出してあげるから帰ってきなさい」

まだ九月だから、ずいぶん気が早い。母らしくない、と思うと同時に胸がぎゅっと痛んだ。

たぶん、春菜が予定を入れてしまう前に、約束を取り付けようとしているのだ。

絶対に帰りたくないというわけではない。ドイツの冬は日本とは比べものにならないほど厳しい。こちらにやってきたのは極寒の時期で、あまりの寒さに骨がきしきしと鳴る気がした。どんなに着込んでも、身体の奥は冷えたままだった。

クリスマスは、日本の方が過ごしやすいだろう。

だが、春菜がドイツで勉強するのも、来年の三月までだと決まっている。泣いても笑っても、四月の新学期が始まるまでには日本に帰らなくてはならない。

クリスマスシーズンはエアチケットも高い。あと一年間滞在して、クリスマスにしか帰れないのならともかく、わざわざ帰るつもりはなかった。

夏休みも帰らなかった。春菜の通っている大学は、三ヶ月で学期が切り替わる。二月から滞在しているとはいえ、七月には一学期が終わったばかりで帰るのがもったいなく感じられた。

そして、十二月には「どうせあと三ヶ月で帰るのだから」と帰省をやめるのだ。試験やレポートの準備だってある。

母に会いたくないわけではない。だから返事にはこう書いてみる。

「ママがきたらいいのに。クリスマスはイルミネーションがきれいだよ」

見たこともないのに、知ったかぶりをする。でも、このあたりは有名なクリスマスマーケットなどもあり、観光客もたくさんやってくると聞く。滞在しているのに、それを見逃すのはもったいない。

そう書きながらも気づいていた。たぶん母はこない。

動物病院で、獣医という仕事をしている母は忙しい。急に担当している犬や猫たちの症状が悪化し、夜中でも病院に向かうことはしょっちゅうだ。

だが、この世の獣医さんや人間のお医者さんが、一切、旅行にもバカンスにも行かないなんてことはないはずだ。母の勤めている病院には、ほかにも獣医がいるから、母がその人たちの代診をすることもある。

要するに、母の性格の問題だ。よく言えば責任感がある。悪く言えば、何事も抱え込む。

だが、性格を変えるのは、単に休みを取るよりもずっと難しいのではないだろうか。


ふいに思った。

ざくろを食べたときの感覚には覚えがある。

最初のひとくちはおいしくて、なんて素晴らしい体験なのだと思う。それが大好きになる。だが、その次からは感動が薄れ、反対に種のやっかいさだけが主張しはじめる。

もうそうなると、最初の幸福感は戻ってこない。

種を取り除くのも面倒で、そのまま呑み込むのも喉に詰まる。

四苦八苦しているうちに、最初の感動など消えてしまうのだ。

大学に入れたこともそうだし、アルバイトをして自分でお金を稼げるようになったこと、そして留学が決まったことも、ここにきて、ここで勉強していることも。

今は種だけをがりがりと嚙んでいるような気分なのだ。

理屈では、ここで学べていることが幸せで、恵まれているのだということもわかっている。もちろん自分でお金を貯めたけれど、結局母からも助けてもらっている。そもそも大学の学費は全部母が出してくれているわけだし、大学が交換留学を募っていなければ、自力で留学することは難しい。

なのに、それに感謝し続けることは簡単ではない。恵まれた環境も、すぐに日常に変わってしまう。しかも常に課題と異文化との衝突に直面している身としては。

なぜ、あんなに激しい衝動に駆られて、日本を出たいと考えたか、今になってしまえばわからない。勉強だって頑張っているけど、ついていくのがやっとだ。

お金と時間を費やした分、なにかが得られているのだろうか、と不安で仕方がない。

昨日買ったざくろは、冷蔵庫で少しずつ乾いていく。

その翌日のことだった。

寮から学校に向かう道には大きな公園があり、いつも老人や子供が太陽を浴びている。

夜は、静かすぎて不安になるから大通りを歩くが、朝や昼は公園を突っ切って歩いた方が気分がいい。

その日も春菜は、授業に必要な本を抱えて、公園を急ぎ足で歩いていた。

ふいに、木立のそばに人だかりを見つけた。

近づいていくと、エリカの姿が見えた。彼女も春菜に気づいて手を振る。

「どうしたの？」

「あそこにフクロウがいるの」

彼女が指さした木には、たしかに真っ白なメンフクロウがいた。なにか戸惑っているような様子で、地上にいる人を見下ろしている。

「野生のフクロウ？　公園によくいるの？」

たしか、メンフクロウはアメリカやヨーロッパに生息しているはずだ。

「ううん、黒い森にはいるだろうけど、こんなところまで出てくることはないわよ。誰かのペットが逃げたんじゃないかって、みんな話している」

たしかに春菜も公園でフクロウを見たことはない。ウサギやハリネズミは見たことがあるが。

春菜はゆっくりと近づいた。フクロウと目が合う。たしかに怯《おび》えているような、困っているような顔をしていた。

すぐ近くに肉屋があることを思い出して、春菜は一度、その場を離れた。

肉屋で鶏もも肉を買って、一口大に切ってもらい、もう一度公園に戻った。

うまくいくかどうかわからない。ちょうど首に巻いていたストールを腕に巻いて、手を伸ばす。もう片方の手で鶏肉を見せた。

「おいで」

日本語で呼びかけてみる。メンフクロウは、翼をわずかに動かした。ことばが通じた気がした。

「大丈夫、怖くないよ。おいで」

もう一度呼ぶと、フクロウは羽ばたいて、春菜の腕に下りてきた。集まっていた人たちから歓声が上がる。

エリカが驚きの声を上げた。

「どうしたの？　魔術みたい！」

「そんなことないわよ。この子は、お腹が空いているの」

ペットとして飼われていた子ならば、自分で餌をとることはできない。知らない人は怖いが、空腹には逆らえないのだ。

フクロウは春菜の手から、鶏肉をがつがつと食べた。ほとんど丸呑みだ。

授業には出なければならないが、フクロウをこのままにしておくことはできない。飼い主を探さなければならない。

春菜はエリカに言った。

「今日は学校に行けないわ。この子をほっとけない」

エリカは笑ってウインクをした。

「OK。先生に話しておく」


寮に帰るまでに、怯えて逃げるのではないかと思ったが、フクロウは大人しく春菜の腕に止まっていた。とりあえず、春菜を信用することに決めたようだ。

寮に帰って、職員に説明をする。ドイツは動物に優しい国だから、怒られない気がした。春菜だって、飼いたくて連れて帰ったわけではない。預けられるところがあるのなら預けたい。

寮職員のアグネスは、電話で、市の動物を担当する部署に聞いてくれると言った。

まだ学校に行っていなかったらしいタニアが、階段を降りてきた。春菜の腕に止まるフクロウを見て、目を丸くする。

「どうしたの？　その子」

公園での出来事を説明する。フクロウはすっかり安心したらしく、春菜が背中を撫でてやるとうっとりとした顔をしている。

「フクロウ、飼ってたことあるの？」

「飼ってたことはないけど、家にいたことはある」

「どういうこと？」

聞き返されて、春菜は苦笑した。説明すると長くなる。

家にいたメンフクロウは「月」という名前だった。月のようにまん丸の顔をしていたからだ。いや、春菜のフクロウだったわけではないから、母と春菜が月と呼んでいただけだ。

この子と同じように、どこかで飼われていたのが迷子になったか、捨てられたかで保護され、母の働く動物病院に持ち込まれたのだという。

保護した人も、とても飼うことはできず、困って動物病院に連れてきたというだけだし、保健所でフクロウを世話できる人はいない。

仕方なく、母が家に連れて帰ってきたのだ。団地だから犬猫は禁止だが、規約にはフクロウを飼ってはいけないとは書いていない。小鳥は飼っていいから小鳥の延長だと考えることにした。そもそも、飼っているわけではなく、飼い主か引取先が見つかれば、すぐに手放すと母は言っていた。

大人しく、賢い鳥だった。人に慣れていて、留守番をいやがった。普段はほとんど鳴かないのに、置いて行かれるとわかったときだけ、悲しげな声を上げるのだ。

春菜がダイニングテーブルで勉強をしていると、テーブルの上でじっとそれを見守っていた。ときどき、消しゴムなどをくちばしで転がして遊んだ。

母が新聞を読んでいると、くちばしで新聞をめくろうとした。手伝っているつもりだったのだろうか。

家にいたのは、たった二ヶ月だ。欲しいという人が見つかって、月はその人にもらわれていった。

そんなことは一度だけではない。家に子猫がいたときもあった。動物病院に持ち込まれた子猫で、昼間は母が動物病院で面倒を見、夜だけ家に連れて帰ってきた。死んでしまった子もいるし、元気に育ってもらわれていった子もいた。

そんな生活で春菜は知った。野生ではない、人に管理された動物たちの命を繋《つな》ぐのは、人の責任なのだと。

もちろん、できなければ無理をせず人にまかせたり、はじめから手を出さないことも必要だが、手を尽くさなければ弱って死んでしまう命ならば、できる限りのことはしたい。

家にいたフクロウには、鶏肉だけではなく冷凍マウスなどもやっていたが、当座の食料ならば鶏肉で充分だろう。

「母が獣医だから、迷子のフクロウを世話していたことがあるの」

そう言うと、タニアは納得したようだった。

タニアと話していると、アグネスが電話を切って戻ってきた。

「動物保護施設がフクロウも受け入れてくれるそうよ。でも、とりあえず、フクロウの迷子の届けが出ていないか、調べて折り返し連絡くれるって」

それを聞いてほっとした。

さすがに長期間、フクロウを寮で飼うのは難しいだろう。それに春菜は来年の春には日本に戻ってしまう。

メンフクロウは、春菜の腕から、近くにある椅子に飛び移った。テーブルにのったりして、寮を探検しはじめている。少しリラックスしてきたということなのだろう。外よりも寮に連れて帰った後の方が安心しているところを見ると、やはり室内で飼われている子なのだろう。

だが、寮の学生の中には、フクロウが怖い人もいるかもしれない。

「こっちにおいで」

声をかけると、フクロウはまた春菜の腕まで飛んできた。信用されたようでうれしくなる。

「わたしの部屋に連れて行くから、なにかあったら部屋に連絡して」

階段を上がる間も、フクロウは素直に春菜の腕に止まっていた。

気づかぬうちに、心の中で「月」と呼びかけていた。

月がいたのは、もう四年も前のことだから、細かい特徴などはすっかり忘れている。この子と月が同じフクロウのように思えてくる。

もちろん、そんなことがあるはずはない。東京ならば百分の一くらいの確率であるかもしれないが、ここは遠く離れた異国だ。春菜と月が再会できる確率は、何万分の一か何億分の一かもしれない。

分厚い本の中からたったひとつの文字を探し当てるようなものだ。Aはすべて同じAに見えるのに、その中からたったひとつのAを探し当てなくてはならない。

そんなことがありえるはずはない。

部屋のドアを閉めると、フクロウは羽ばたいて、春菜のスーツケースの上に止まった。

伯母の形見だというが、本当に伯母が使っていたものかどうかはわからない。

母は、親戚が適当に伯母の家にあったいらないものを押しつけたのだ、と言っていた。それにも一理あると思う。伯母は旅行などしない人だったから。

だが、そんなことはどうでもいい。

伯母が持っていたもので、それを見るたび、伯母を思い出すことができればそれでいいのだと思う。形見は生きた人が、もういない人を思い出すためのものなのだから。

フクロウは、スーツケースの上に止まったまま、ベッドに座る春菜を見て、首をかしげた。

月も同じ仕草をよくした。聞き慣れない音を聞いたときなどに、首を大きく曲げるのだ。

「ねえ、月、わたし、あんたに会うため、ここにきたのかなあ」

自然に口から出たことばだった。そんなわけないと思いつつ、そうあってほしいと思う。

フクロウが止まっていた腕には小さなミミズ腫れがたくさんできていたが、それはたいしたことではない。

フクロウはまた首をかしげた。

もしかすると日本語を聞くのもはじめてなのかもしれない。

部屋のドアがノックされた。春菜は立ち上がってドアを開けた。アグネスだった。

「飼い主が探しているらしいわ。これからすぐここにくるって」


現れたのは四十代ほどの茶色い髪の女性だった。ブリジットと名乗った彼女は、猛禽類《もうきん》を使ったショーなどをやっていると語った。

彼女は、フクロウを見ると目を輝かせた。

「よかった。本当は三日前に帰るはずだったんだけど、この子を探すために残っていたの」

ベルギーのゲントからショーのためにやってきたという。

「保護してくれて本当にありがとう。迷子になって、見つからなかったらどうしようかと本当に心配してたの。この子はわたしの娘みたいなものだから」

あまり強い感情を表には出さないが、声には愛情が籠《こ》もっていた。

「チキンを少しやりました」

「フクロウを飼ってたことあるの？」

ブリジットに尋ねられて、春菜は答えた。

「少しだけ。母が獣医だから、迷子の子がしばらく家にいたんです」

それを聞いて、ブリジットは納得したように笑った。

「よかったわ。あなたのような人に見つけてもらって」

メンフクロウは、明らかにブリジットに甘えていた。ブリジットの服をくちばしでひっぱったり、掌に頭をすりつけたりしている。

「懐いているんですね」

「ええ、雛《ひな》のときからわたしが餌をやって育てたの」

だとしたら、この子は月ではない。そんなことはわかっていたはずなのに、急に寂しい気持ちになる。

寂しさを振り払うために、尋ねた。

「ショーって、どんなショーをやるんですか？」

「いろいろあるけど、たとえば、結婚式で、この子が指輪を届けるの」

「そんなことできるんですか？」

「ええ、とても賢いのよ」

フクロウが賢いことはよく知っている。だが、そんな芸のようなことまでするのは見たことがない。

「庭園の東屋《ガゼボ》や、教会の前で、花嫁が手を伸ばして待っているところに、この子が足に指輪の袋をくくりつけて届けるのよ。ロマンティックでしょう」

「ええ、本当に」

自分が結婚することがあるのかはわからないが、そんな式なら参列するだけでも楽しそうだ。

「そのときに逃げたんですか？」

春菜がそう尋ねると、ブリジットは首を横に振った。

「違うわ。ショーや結婚式があるときは、この子たちの餌をセーブするの。体重を普段より落として、空腹状態を保つの。そうしておけば絶対に逃げない。この子はきちんとショーをやり遂げたら、餌をもらえることを知っているから」

そして雛の頃から人に育てられたフクロウは、自分で狩りはできない。空腹を自分で満たすことはできない。

「でも、この前のショーが終わって、しばらくはこの子を使う仕事がなかったから、充分に食べさせてしまったの。そのときに、自分でケージを開けて逃げ出してしまって……」

空腹ならば逃げようとは考えない。だが、満腹になったとき、この子は急に空の広さに気づいたのだろうか。

器用なくちばしで、ケージをこじ開けて、空に向かって羽ばたいた。

なぜか急に胸が痛くなる。自分だ、と思った。

春菜は満たされていた。

父と母は離婚したけれど、父からも母からも愛されていた。そして伯母からも。

好きな本があって、好きな本について勉強ができていた。どこか世界と折り合いが悪いとは思っていたけれど、だからといって追い詰められたり、迫害されたわけではない。

友達とは少し距離があったけれども、その距離は春菜の望んだものでもあった。彼女たちはそれでも春菜の友達でいてくれた。

だから、自分はあんなにも衝動的に、日本から飛び出したくなったのかもしれない。

遠い空がまぶしく見えて、どこまでも飛んでいきたくなった。

フクロウはブリジットに会えて、うれしそうだった。抵抗ひとつせず、ケージの中におさまった。彼女も自分のいる世界が嫌で、逃げ出したわけではないのだ。

玄関まで送ってから、春菜はブリジットに尋ねた。

「この子の名前を教えてくれますか?」

ブリジットは頷いた。

「ルナ、と言うのよ」

「月のように丸い顔をしているから?」

ブリジットは笑って、ヤーと言った。

単なる偶然だということはわかっている。だが、運命だと思った。


母は本当にクリスマス休暇に日本からやってきた。

空港まで迎えに行くと、カートに段ボール箱をふたつ積んだ母が出てきて驚いた。

「ママ、スーツケースは?」

「買わへんよ。どうせ、もう海外旅行なんて行かへんねんから」

あいかわらず、おおざっぱでドライだ。

「せめて、レンタルでもすればいいのに……」

「運ぶだけなら段ボールでええやないの」

母が滞在するのは、たった三日。ロマンティック街道やミュンヘンなどを案内したかったのに、そんな時間もない。

「観光をしたかったわけやなくて、あんたがどんな街に住んでるか見たいだけやから、三日で充分」

母はそう言った。だからシュトゥットガルトを案内して、近郊の小さな街に足を延ばす程度で終わりそうだ。もっとも冬は寒いし、観光名所に行くバスも減る。

ホテルも取らなかった。タニアはモスクワに帰っているから、ベッドは空いている。学生寮の部屋に泊まってもらうつもりだった。

三日分の荷物にしては段ボールが大きいと思っていたが、その謎は寮についてから解けた。

段ボールからはいろんなものが出てきた。インスタントの味噌汁や電子レンジであたためるごはん、春菜が好きなチキンラーメンや萩の月、キユーピーのマヨネーズまである。マヨネーズは、前に、「ドイツのマヨネーズは日本のと味が違って馴染めない」と言ったことを覚えていたようだ。

うれしいが、ちょっと大げさだ。あと三ヶ月で消費できそうもない。

まあ、残ったときはこっちで知り合った日本人の友達に配ればいい。みんな喜んでくれるだろう。

ふたつ目の段ボールには、春菜が頼んだ漫画や雑誌などがどっさり入っていた。電子化されているものならドイツでも読めるが、電子化されていないものも多いのだ。

「ママの荷物は？」

「シャンプーや石けんはあんたの使わせてもらおうと思って。あと、下着と靴下くらいは持ってきたわよ」

　どうやら機内持ち込みの小さなキャリーバッグだけが母の分の荷物らしい。

「セーターやコートは着た切り雀《すずめ》でいいし、下着だけ着替えれば大丈夫」

　母は胸を張ってそう言った。

　もしかすると、母のような人の方が、過酷な海外旅行に向いているのかもしれない。たとえば、獣医の仕事で発展途上国に行けと言われれば、母はなんの迷いもなくその国で馴染んで生活できそうだ。

「もう、夏物は必要ないでしょ。帰りに持って帰ってあげるわ。一年近くも生活したら、荷物は増えているでしょ」

　ご明察である。エコノミークラスで帰るつもりだから、荷物はそれほど預けられない。荷物を送るのも高い。どうしようか迷っていたのだ。

　甘えて、制限重量ぎりぎりまで、夏服と読み終わった本やもう必要ないものを持って帰ってもらうことにする。

　なんだか、母の初海外旅行というより、ドイツまで娘の世話を焼きにきたようになってしまっている。

母は春菜の顔を見て、顔をほころばせた。

「でも元気そうでよかったわ。つらくて痩せ細ってたらどうしようかと思ってた」

母がそんなことを心配しているなんて思ってもみなかった。写真でも送ればよかったと少し後悔する。

「少し太ったんちゃう？」

「こっちの食事は量が多いんだもの」

それでもおいしいものをたくさん見つけた。さくらんぼのケーキ、チーズケーキ、この時期はクリスマスのシュトーレンもある。母は甘いものが好きだから喜ぶだろう。

残念ながら、ざくろはシーズンが終わってしまった。できればざくろを一緒に食べて、人生に似ている件について語り合いたかったのだが。

母ならば同意してくれるような気がした。

ふいにあることを思いついた。

「じゃあ、ママ、おばちゃんのスーツケース持って帰れば？」

「え、じゃあ、あんたはどうするの？」

「わたしが帰るときは荷物多くなるし、それこそ段ボールの方がいい」

段ボール箱だったら、スーツケースよりも軽いからたくさん詰められる。

「わかった。それやったらわたしが持って帰るわ」

母は変わらない。いつも話が早い。

窓の外が暗くなってきた。クリスマスのイルミネーションを見るのにいい時間だ。

一年でいちばん美しく飾り立てられる街を見ながら、母に話すのだ。

月によく似た子に会ったよ、と。

第八話　だれかが恋する場所

バスはうねうねと曲がる山道を進んでいった。

朝から降り続く雨が、窓を濡らしている。せっかくの休暇が雨なのは残念だが、今日は観光はせず、温泉でゆっくり過ごす予定だから別にいい。明日には晴れることを祈るだけだ。

濡れた窓に身体をもたせかけて、景色を眺めた。

緑が濃い、と、ゆり香は思った。延々と先まで続く針葉樹の森は、公園で見る管理された緑とまったく違う色をしている。

生命力にあふれていて、ふてぶてしい。間違って足を踏み入れた人など、搦《から》め捕って食い殺してしまいそうだ。

木の種類などはまったく違うのに、インドネシアのジャングルを思い出した。

ゆり香の実家も田舎だが、のどかな田園風景が続いているような環境だから全然違う。

バスの窓から見える景色から目が離せない。

隣にいる中野花恵はくうくうと眠ってしまっている。せっかくの景色がもったいないと思うが、乗り物に酔うから薬を飲んだと言っていた。ならば眠くなるのも仕方がない。

後ろの席を見ると、澤悠子が窓に頭をもたせかけて、じっと外を見ていた。ゆり香が振り返ったことにも気づいていない。妙に深刻な顔をしているようで、少し気になるが、なんとなく話しかけづらい。

ゆり香は席に座り直した。

羽田から関西国際空港に飛んで、そこから電車に乗り、紀伊田辺《きいたなべ》でバスに乗り換えた。早朝に家を出発したのに、もう昼近い。

ひさしぶりに友達四人で旅行に行くことにしたのは、花恵の結婚が決まったからだ。

去年知り合ったという、職場の年下男性と来年式を挙げる。なかなかのスピード結婚だ。

先日会って紹介してもらったが、感じのいい人だった。初対面の女たちに囲まれても萎縮せず、やたらに機嫌を取るようなこともせず、普通に振る舞っていた。花恵はずっとはにかんだように微笑みながら、彼を見ていた。

いい人だし、花恵とはぴったりな気がした。

一度会っただけでなにもかもがわかるわけではないけど、一度会っただけでわかることもたくさんある。友達の彼氏を紹介してもらって、なんだかあまり好きになれない人だと思っていたら、その直感が正しかったことが何度もある。

そこまで考えて、ゆり香は苦笑した。

自分の彼氏選びにさえ失敗ばかりしているのに、人を見る目が自分にあるはずはない。だが思い返せば、つきあって嫌な思いをしたり、ひどい別れ方をするような相手は、つきあいはじめる前からかすかな違和感があるように思う。

ならば、違和感を覚えた時点でつきあわなければいいようなものだが、その違和感を信じ切れないのだ。

まるで消費期限切れの食べ物を、「このくらい大丈夫だろう」と思いながら口に運んで、お腹を壊してしまうようなものだ。いい加減、消費期限切れの食べ物を食べない勇気が欲しい。

他の人はどうなのだろう。嫌な予感がしたら、それだけで関わらないようにするのだろうか。それも世界を狭めているような気がするし、素晴らしい人との出会いを逃してしまうかもしれない。

ならば、お腹を壊しても気にせず、痛みが去るまでうんうん唸《うな》って、そのあとは忘れてしまうしかない。幸い、殺されるような相手には当たっていない。

——変わらなきゃ……ね。

ゆり香は学生の頃からなにも前進できていないような気がする。家事が多少スムーズにこなせるようになったとか、今の派遣先ではそれなりに頼りにされるようになったという程度のことだ。

家事なんて、普通に生きていくのに必要なスキルというだけだし、仕事も自慢できるような資格があるわけではない。正社員ですらないし、派遣先が替わればまた一からやり直しだ。

貯金だってそんなに多くはない。ゼロではないし、旅行以外は無駄遣いをすることがないから少しは貯めているが、老後が安泰だとは思えない。

旅に出るのをやめて、生活費以外は貯金をすればもう少し貯められるかもしれないが、きっと働くことすら嫌になってしまう。死なないためにだけ生きているようなものだ。

バスががたんと揺れた。花恵が目を開いて、身体を起こす。

「今、どこ……?」

「さあ」

ゆり香にとってははじめての土地だから、どこを走っているのか、あとどのくらいで目的地に着くのかわからない。

きょろきょろしていると、後ろから悠子の声がした。

「あと二十分くらいだよ。着いたら起こすから、寝てていいよ」

悠子の実家はこの近くだから、よく知っているらしい。花恵のお祝いを兼ねて、四人で温泉にでも行こうという話をしたとき、悠子がこの山深い温泉を薦めてくれたのだ。

「すごくきれいで静かなんだよ。温泉宿も十軒くらいしかないから、夜なんか虫の声しか聞こえないの。世界から切り離されたような感じ」

四人のスケジュールを突き合わせて相談した結果、二泊三日しか休みが合わないことがわかった。台湾や韓国くらいならば行けなくもないが、やはり慌ただしい。どこか温泉で、学生時代に戻って、ゆっくりお喋りしようという話になった。

温泉は、正直言うとあまり好きではない。

いや、温泉が嫌いなわけではなく、昔栄えた温泉街が寂れているのを見るのが嫌いだった。完全に廃墟《はいきょ》になっている古い観光ホテルを見るとぞっとする。アジアの街の、古い建物や廃墟はむしろ美しく感じるのに、国内の朽ちた建物は苦手だ。

だが、有名でない温泉ならば、小さな規模でやっている宿ばかりだ。巨大な観光ホテルが朽ち果てているような光景はないだろう。小さな旅館なら、多少古びていても見苦しくはない。

「白浜《しらはま》や勝浦《かつうら》とか、海のそばに行くと観光ホテルもあるんだけどね」

悠子は目を細めてそう言った。故郷のことを懐かしく思ったのかもしれない。

今日はそこにある老舗の旅館で一泊し、二日目は白浜に出て、アドベンチャーワールドでパンダを見る。それが今回の旅行の日程だった。

だが、何事も予定通りいかない。あいにくの雨で、しかも山口真美が急にこられなくなった。

長いつきあいで、気まぐれに予定をキャンセルするような子でないことはわかっている。体調が優れないというのだから、仕方がない。

「真美、残念だったね」

花恵はゆり香にというより、自分に言い聞かせるようにそう言った。

「まあ、めったに会えないわけじゃないからね」

ゆり香も自分に言い聞かせるように答えた。

会うだけなら、二、三ヶ月に一度は会って、食事をしたりお酒を飲んだりしている。だが、一緒に旅をするのは五年ぶりだ。

少し考えて思い出した。五年ぶりなのは、ゆり香だけだ。たしか三年前にゆり香をのぞく三人で沖縄に行っていた。ゆり香は旅行三日前に階段から落ちて、足を骨折してキャンセルするしかなかった。

あのときの、情けない思いがよみがえる。

もしかすると、女四人ともなれば、全員揃う方が珍しいのかもしれない。


バスを降りて傘を差すと、ゆり香は深呼吸をした。

両脇に山がそびえ立っているせいで、空が狭い。濡れた緑が壁のように迫っている。足下の渓流は澄んでいて冷たそうだ。

空気がひんやりしていて、下界とはまるで違った。バスに一時間以上揺られただけある。

美しい場所だった。悠子が薦めてくれた理由もよくわかる。

バス停のそばにある大きな絵地図を見ると、温泉宿は全部で十軒くらいはあるようだが、どれも少しずつ離れているせいか、もっと寂しく感じられる。

一緒にバスに乗っていた老人たちのグループは足早に宿に向かってしまった。ゆり香たちも旅館に移動することにする。

山の中腹に神社などもあり、ハイキングを兼ねて参詣できるというが、この雨では足場も悪いだろうし、なにより楽しくない。今日は旅館でゆっくりするしかなさそうだ。

「きれいだねえ」

花恵も橋から身を乗り出して、渓流をのぞき込んでいる。

「でしょ。大好きな場所なの」

前を歩いていた悠子がそう言って振り返る。

笑顔が少し硬い。気のせいかもしれないけど、ゆり香はそう思う。

ゆり香は悠子が好きだ。この四人グループの中でも、いちばん親近感を覚えるし、気が合う。もちろん花恵や真美のことが嫌いなわけではないけど、彼女たちは少しだけ自分と違う気がする。

階段の違う段に立っているような気持ちがするのだ。話はできるし、距離も近い。でも、視線の高さが少し違うようなそんな感じ。悠子にはそのかすかな違和感がない。

早々と結婚した真美に続き、次に結婚が決まったのが花恵というのも象徴的だ。自分と悠子はなかなか結婚できないか、一生独身かどちらかではないかと思う。

まあ、ゆり香の勝手な考えだ。悠子は、今は彼氏などいないと言っているが、だからってこの先もずっといないとは限らない。もしかすると、あっという間に先を越されてしまうかもしれない。

ともかく、ゆり香は悠子に親しみを抱いていて、だから彼女のことが気にかかる。なにか悩んでいることでもあるのだろうか。

道を知っている悠子が先に進んで、花恵とゆり香がゆっくり後をついていく。

うれしそうに写真を撮っている花恵に言った。

「桂木さんと一緒にきた方が楽しかったんじゃないの？」

ちょっとした意地悪は、先を越されたものにだけ許された権利だ。花恵は少し恥ずかしそうに笑った。

「彼氏と行くのと、友達と行くのは全然違うよう」

「全然違って、どっちも楽しいの？」

「うん、そうだね」

彼女が、友達といる方が楽しいと言わないことが、少し憎らしくてうらやましい。ゆり香はこれまで、友達といるより彼氏と一緒の方が楽しいと思えたことがない。つきあいはじめの気分が盛り上がっているときに、一瞬だけそう思うこともあるが、あっという間にその気持ちは変わる。

「お父さんと彼はうまくいってるの？」

そう尋ねると、花恵は肩をすくめた。

「あんまり。お母さんは彼を気に入ってくれてるからいいけどね」

花恵の父親が、結婚に納得していないという話は前から聞いていた。母親に説得されて、反対するのはやめたが、それでもあまりいい顔はしておらず、「もっと他にいい男はいないのか」とときどき言って、母親にたしなめられているらしい。

「お父さんはずっと昔からそうだから。でも、もう家を出るわけだし、いいの」

いいの、と言いながらも声は少し暗い。両親とも祝福してくれた方がいいに決まっている。

だが、彼女はそれでも桂木と結婚することを選んだのだろう。

花恵は少しだけ口元をほころばせた。

「でも、彼があんまり気にしてないから、本当に助かってる」

「そうなの？」

「うん、お父さんが不機嫌だったとき、後で謝ったら、『大丈夫。別にお父さんと結婚するわけじゃないし』って言われた」

思わず笑みが漏れた。それはきっといい人だ。

「じゃあ、わたしがお父さんの分まで祝福してあげる」

そう言うと、花恵は声を出して笑った。

「いいねえ。スーツ着て、花嫁の父の席に座ってよ。ゆり香、きっと似合うよ」

「つけ髭《ひげ》でもつけてね」

見れば、悠子はかなり先に行ってしまっている。ゆり香と花恵は顔を見合わせて走った。

旅館の部屋には、川に向かって張り出した出窓があった。緑と渓流の美しい景色が目に飛び込んでくる。

古いが、隅々まで手入れが行き届いていて、居心地のよさそうな宿だった。

花恵は、さっさと服を脱いで浴衣に着替えてしまった。

「お風呂入ってくる」

「もう？」

悠子が目を丸くする。

「せっかく、温泉にきたんだから三回は入りたいもの。夕食前と寝る前、それから朝」

ゆり香はそこまで風呂好きではない。普段はシャワーですませることがほとんどだ。

「わたしは寝る前だけでいいや」

ゆり香がそう言うと、悠子は座卓の上にあるお菓子をかじりながら言った。

「わたしは寝る前と朝かな」

見事にばらばらだ。

「じゃあひとりで入ってくる」

花恵はタオルを持って、部屋を出て行った。花恵がいなくなると急に部屋が静かになった気がした。

悠子は黙って、お菓子の袋の原材料を読んでいる。普段はふたりでいてあまりそんなことを感じることがないのに、今日はなぜか空気が重い。

話題を探していると、悠子の携帯が鳴った。メールが届いたようだ。

「最近はこんなところでも電波が届くんだよね。昔は圏外だったけど」

そう言いながら、携帯電話を手に取る。

ゆり香は湯飲みを引き寄せて、お茶を飲んだ。まろやかなのは、水がいいせいだろうか。

「ふえっ」

急に間の抜けた声がして、ゆり香は湯飲みを倒しそうになる。

「どうしたの？」

「真美ちゃん、赤ちゃんができたんだって」

つまり、真美の体調不良というのは妊娠のことだったのだ。

メールによると、生理が遅れていることには少し前から気がついていて、念のため旅行に行く前日に妊娠検査薬を使ってみると、見事に反応が出たということらしい。

もし妊娠していたらと思うと、旅行に行くのは不安だし、かといってまだ産科の検診を受けていない状態だから、はっきりしたことは言えない。

だから、単に体調不良ということにして、今日産科で検診を受けてきた。

「まだ、六週間で両親や義父母にも言ってないけど、旅行をキャンセルしちゃったから、ちゃんとみんなには事情を話しておきたくて」

メールにはそんなふうに書かれていた。真美らしい、と思う。

夕食の膳には、種類豊富な山の幸が並んでいた。名前を聞いたこともない山菜や、山女《やま》魚《め》、鹿のステーキなど珍しい料理もあった。刺身、天ぷらという温泉旅館でありがちなメニューとはまるで違っている。

ビールをそれぞれ手酌で飲みながら、話題は真美のことばかりになる。

「よかったねえ。真美は子供欲しがってたもんね」

花恵は自分のことのように喜んでいる。

手酌で、ビールを飲んでいた悠子が言った。

「幸運のスーツケースのおかげじゃない？」

おや、と思う。悠子のことばには小さな棘が潜んでいる。その棘は本当にささやかで、花恵にも届かない。

「だって、真美、あのスーツケースは元の持ち主に返したって言ってたよ。なんかいろいろ曰《いわ》くがあったんだって」

「でも、真美は赤ちゃんができたし、花恵は結婚するじゃない。いいことばかりだよ」

「わたしはなんにもないよ」

ゆり香がそう言うと、悠子はほんのり紅《あか》く染まった顔をこちらに向けた。

「きっとこれからだよ」

「だったらいいね」

花恵が屈託のない声で言う。少しだけ胸が痛んだ。

彼女の幸せを祝福しないわけではないけれど、幸せになる人を送り出す側には、かすかなねたましさと寂しさがある。

それを悟られないように話を変える。

「でも、真美、今度の旅行はキャンセルするのかな」

一ヶ月後にまた休みを取って、ひとりでニューヨークに行くと言っていた。

悠子が頷く。

「キャンセルするしかないだろうねえ」

そしてしばらくは、これまで以上に遠くに行くのが難しくなる。絶対に行けないと言い切ることはしたくないし、どうしても行きたければ彼女が方法を考えるだろうが、今まで以上にハードルは高くなる。

「花恵はどうなの？ 結婚したらこれまでみたいに旅行行けなくなりそう？」

悠子が尋ねると、花恵は首を傾げた。

「旅行そのものは行けないわけじゃないけど……でも、香港でホテルに泊まることはなくなると思う。お義母さんの家に泊まることになるだろうし」

桂木の母は中国人で、今は香港に住んでいるということは、前に聞いた。

「ホテル代が浮いていいじゃない。好きな街に親戚ができるなんて」

悠子のことばに、花恵は少し微妙な顔をした。気持ちはわかる。ひとりで旅に出るのとだれか親戚のうちを訪ねるのとは全然違う。

まるで人生は掌みたいだ。なにかをつかみ取るためには手の中のものを捨てなければならない。

ふいに思った。自分はなにも捨てたくないから変わらないままでいるのだろうか。


夕食後、ビールを飲んだせいか、花恵は布団に倒れ込んでくうくうと眠りはじめた。花恵を起こさないことにして、ゆり香は悠子と一緒に風呂場に向かった。

繁忙期ではないのか、大浴場には他に客がいない。適当なかごを選んで、浴衣を脱ぎ捨てた。悠子は髪をまとめているから、先に入ることにした。

浴室には大きな窓があって中庭が見えた。石の床に檜《ひのき》の浴槽がふたつ置かれていて、それぞれ違う源泉から引いた温泉が張られているらしい。外には露天風呂もあるようだった。

かけ湯をして、白濁した湯の中に身体を沈める。

湯にはかすかなとろみがあって、いかにも美肌効果がありそうだ。

温泉はそこまで好きではないと思っていたが、入ると全身から力が抜けて、疲れがあっという間に蒸発する気がする。悪くない。ただ、ちょっとおっくうなだけだ。

悠子が入ってくる。これまで何度も一緒に旅行をしたり、スーパー銭湯に行ったりしたから、彼女の身体を見るのははじめてではないけれど、いつもちょっとまぶしく見てしまう。

背が高くバランスの取れたきれいな身体をしている。三十になっても二十代の頃と全然変わらない。

悠子は湯船の一段高くなったところに腰を下ろした。みぞおちくらいまで浸かって、外を眺める。

「忙しい？」

そう聞くと、彼女はきょとんとした顔になった。

「そうでもない。忙しい方がいいんだけどね」

忙しい、と聞いたのは、彼女の不安を探る糸口だ。きっかけになるならなんでもいいが、勘違いだったり、彼女が踏み込まれたくないと思っているなら、それ以上踏み込まなくてすむ。

たぶん、自分の話をしたくなければ会話のドアを閉めるだろうが、ドアは少しだけ開いている。

「大変なの？」

「うん、メインで仕事してたところに切られちゃったから」

「そうなんだ……。女性誌だよね」

「ううん。あっちはまだ仕事もらってる。でもあそこだけじゃ食べていけないし。これからどこかに営業かけないと」

　フリーで仕事をする大変さは、ゆり香にはよくわからない。派遣先をクビになるようなものだと考えれば、少し見当はつくがわかったと言い切る自信はない。

「どこか次のところが見つかるといいね」

　そう言うと彼女は、少しだけ苦く笑った。

「もうやめようかな、と思って」

「え？」

　悠子は天井を見あげて、ためいきをついた。

「ねえ、ゆり香は静岡帰りたいと思う？」

「思わない」

「即答だねえ」

　ゆり香とその土地はあまり合わない。いいところだってあるから嫌いではないが、土地に拒絶されているような気がする。両親や兄と一緒だ。適度に距離を置いた方が仲良くできる。

もう決めている。だからたぶん、一生帰らない。

「澤ちゃんは帰りたいの？」

「ちょっとね。帰って家を手伝ってもいいかなって」

悠子の両親は地元で料理屋をやっていると聞いたことがある。だったら、少なくとも仕事はあるわけだ。

海と山が近い場所で、食材も豊富でおいしい。遠くからわざわざ食べにくる人もいるという。

「ふうん……」

ちょっと不満そうな声を出してしまっていたのだろう。

「なあに？」

「いや、なんでもないけど」

本当は少し不満だ。彼女は帰りたいから帰ることを考えているのではない。もしそうならゆり香だって、なにも言わない。だが、悠子はつらくなったから帰ることを考えている。

三十になる前だったら、もう少し頑張ろうよ、と言えたのだろうか。今は言えない。手に持った荷物が重くて、耐えきれなくても、頑張れば未来が開けるなんて信じられない。

重い荷物はもっと重くなり、道はもっと険《けわ》しくなるかもしれない。やりたいことがあれば、耐えられると思えるほど若くはない。

帰る家があって、帰りたくないわけでもないなら帰るのもひとつの選択だ。

なのに、それを後押しするようなことを言いたくないのは、悠子が少し悲しそうだからだ。

みんなが変わっていく。別の道を選んだり、なにかを手放したり、あきらめたりしている。

キリギリスはただひとり、それに背を向けてバイオリンを弾いている。


一晩中降り続けた雨も、翌朝にはやんだ。

朝食は茶がゆだった。ゆり香と花恵ははじめて口にしたが、番茶で煮た茶がゆはさらさらとして、何杯でもおかわりできそうなほど軽かった。かすかな苦みが食を進ませる。

悠子は「子供の頃は大嫌いだったけど、懐かしい」と笑った。地元の名物というのはそういうものかもしれない。

旅館のスタッフが、バスターミナルまで車で送ってくれると言うから、それに甘えることにする。

この温泉街までくるバスは数が少ない。午前に一本、午後に一本、それだけだ。十キロほど先のバスターミナルなら、駅に戻るバスだけではなく、白浜に直行するバスもあると言う。

旅館のワゴンにのって、二十分ほど走り、バスターミナルで降ろしてもらった。上品な和服から活動的なデニムに着替えた女将さんは、これから地元の会合に出ると言っていた。

花恵がバスの時刻表を確認した。

「えーと、白浜行きのバスはあと四十分後ね」

「けっこう時間あるね」

女将さんの用事に合わせて送ってもらったのだから仕方ない。幸い、バスターミナルの近くには、地元の名産品を売るような店があった。

あそこなら少しは時間がつぶせるだろう。

お菓子やキーホルダーなどを売っているだけかと思ったが、建物には奥行きがあり、木工芸品や、木の家具まで置いている。

花恵と悠子が楽しげに家具を見ているから、ゆり香は二階に上がってみた。

二階は名産品ではないが、地元の職人たちの商品を並べているらしい。こちらも木でできた器などが並んでいた。革のトートバッグやショルダーバッグも並んでいて、思わず手を伸ばした。

ヌメ革や茶色、黒などの定番色もあるが、青のバッグが多い。革を青に染めているのだ。青といっても同じ青ではない。ほとんど白に近いような淡い水色から、濃紺まで、いろんな青が並んでいる。

かすかな既視感を覚えた。こんな色の革を前に見たことがある。

奥には実演コーナーがあり、四十代ほどの女性が座っていた。彼女は革のなにかを縫っていた。バッグほど大きくはない。ブックカバーか、財布か。

見入っていると、彼女はにっこりと微笑んだ。ふっくらとした頰にちょっとえくぼが浮かんで、親しみやすい顔になる。

「きれいですね」

「ありがとうございます。よかったら手にとってみてくださいね」

柔らかくそう言うと、彼女はまた作業に戻った。無理に接客されないことに安心して、ゆり香は鞄を見た。いちばん奥にはスーツケースがあった。それを見た瞬間、既視感の理由に気づく。

あのスーツケースにそっくりだった。青は真美の持っていたものよりも濃く、むしろ紺に近いが、ベルトや四隅の補強に使われている革のかたちもステッチも、まったく同じもののように見える。蓋を開けてみると、白いサテンの内張りが目に入った。

階段を上がってくる音と話し声がする。悠子と花恵だ。ゆり香はふたりを呼んだ。

「ふたりとも、きて！」

ゆり香の声に驚いて、ふたりが走ってくる。スーツケースを見ると、ふたりの目も丸くなった。

「嘘。これ、同じものだよね」

「色はちょっと違うけど、それ以外はそっくりだよねえ」

トートバッグやショルダーバッグを見れば、この職人さんかデザイナーさんが青にこだわっていることがわかる。ディスプレイされた商品の中には、あのスーツケースにそっくりな鮮やかな青の革もある。

気がつけば、職人らしき女性がきょとんとした顔でこちらを見ていた。

「あの……どうかしましたか？」

友達のスーツケースがたぶん、これと同じものでした。貸してもらったこともあるし、素敵だったから覚えていて。

そう言うと彼女はぱっと笑顔になった。

「そうなんですか。よかったです」

花恵が付け加える。

「わたしたち、幸運のスーツケースって呼んでたんですよ。これを持っていくと、いつもいいことがあるから」

「そうなんですか？」

女性は目を大きく見開いた。

「なんかすごくうれしいです。別に祈禱《きとう》してもらっているわけじゃないから、幸運の理由はわからないけど、でも本当にうれしい」

少し目が潤《うる》んでいる気がした。

はじめて会った人だから、どんな人かはわからない。だが、革職人の仕事が気楽なものであるとは思えない。自分で作って、売る。思うように売れないことだってあるはずだ。

自分の作ったものが、幸運を呼ぶ。

そう信じられたら、きっとそれは力になる。

三人で相談して、真美へのお祝いにスーツケースと同じ色のトートバッグを買った。赤ちゃんが生まれたら荷物は増えるだろう。悠子は斜めがけできるショルダーバッグ、花恵はブックカバーをふたつ買った。

ゆり香は悩んで、幸運のスーツケースよりも小さいキャリーバッグを買った。やはり自分は旅が好きだから、幸運なら旅先で手に入れたい。あえて、色は濃紺にした。ゆり香は少しあまのじゃくなのだ。

キャリーバッグは自宅に送ってもらうことにして、送付先を書いていると、のぞき込んだ革職人の女性が言った。

「東京からいらしたんですね。遠くからありがとうございます」

「わたしの実家が紀伊田辺の近くなんです。今は東京に住んでいるんですけど」

悠子がそう説明する。

「そうなんですね。わたし、東京の出身です」

彼女のことばに驚いた。てっきり和歌山の人だと思っていた。悠子はもっと驚いている。

「えっ、ご結婚かなにかでいらしたんですか？」

「違います。ここが気に入ったんで、ここに住むことにしたんです。ここに一目惚れしたんです」

そう、その気持ちならよくわかる。人と恋に落ちるように土地に恋をして、人に搦め捕られるように、土地に搦め捕られる。人に拒まれるように、土地に拒まれることもある。彼女はこの土地と恋に落ちて、そしてこの土地を選んだ。ゆり香にもいつかそんなことがあるだろうか。土地と、そしてもしかしたら人とも。

白浜に向かうバスは、悠子と並んで座った。花恵はひとりがけのシートに座り、またくうくうと眠りはじめた。悠子に話しかける。

「すごい偶然だったね」

悠子はそれに答えずにつぶやいた。

「もう少し頑張ってみようかな」

「え？」

「東京で」

どうして、と聞こうとして気づいた。

彼女は気づいたのだろう。ここは逃げて帰る土地ではない。選んだ人のいる場所だ。帰るなら、自分で選んで帰るべきだ。

「うん、そうしなよ。澤ちゃんがいなくなると寂しいよ」

頑張ればいいとか、頑張らなくていいとかそういうことは言えないけど、自分の気持ちなら言える。ゆり香は悠子がいないと寂しい。それだけだ。

悠子は少し恥ずかしそうに微笑んだ。

「また四人で、旅行に行こうね」

次はいつになるだろうか。二、三年中に行けるかもしれないし、十年後かもしれない。もしかするとおばあちゃんになってからかもしれない。

それならそれでいい。

年齢を重ねたって旅は楽しいのだ。

第九話　青いスーツケース

その人の家は嗅いだことのない匂いがした。

古い家の匂いなのか、真新しい畳の匂いなのか、それともその人の匂いなのかはわからない。ただ、その家を訪れるといつも玄関で立ち止まって、その匂いを嗅いだ。

今まで住んでいた家は、どれも賃貸のマンションだった。父の転勤で、何度も転居を繰り返したが、どこもそれほど変わらない無機質な2LDKの間取りで、こんな匂いはしなかった。

住んでいる家と、ときどき訪れる家の違いなのだろうか。

築何年なのかもわからない日本家屋。たしか、彼女の祖父の代から住んでいると聞いたから、百年近くになるのかもしれない。

古いだけではない。庭には植木屋が出入りしていたし、家の修理もよくしていた。岡田《おかだ》和司《かずし》がその家に出入りしはじめてからも、客間の畳を入れ替えて、壁の漆喰《しっくい》を塗り直していた。

その家のことを紹介してくれたのは、大学の先輩だった。

割のいいアルバイトがある、と声をかけられて、話を聞いた。

五十代の女性がひとりで住んでいる家があるから、週に一度そこを訪ねて、男手のいる仕事をする。電球を換えたり、大きな荷物を運んだり、飼っている犬を遠くまで散歩させて運動させる。

うまくいけば、午前中で仕事は終わってしまうし、昼食も食べさせてもらえる。そんなにきつい仕事もないという話だった。

なるほど、それは和司が普段やっている、レンタルビデオ店の深夜バイトよりは楽そうだ。なにより、拘束時間がそう長くないのと、気を遣わなくてよさそうなところも助かる。

先輩は、その家に住む女性の親戚だった。大学を卒業して就職するとなると、その家に手伝いに行くのは難しい。代わりに手伝ってくれる人を探しているという話だった。

「休み期間にどこかに長期で行くときは、その間だけこなくてもいいってさ」

それは助かる。まとまった休みにはどこか遠くに旅行に行きたいと思っていた。運転免許だって合宿に行って取れば、安くすむ。

「おまえは人当たりがいいから、きっと加奈子おばさんも気に入ると思うぞ」

多くの後輩の中から白羽の矢が立ったポイントはそこか、と苦笑した。

たしかに和司は人当たりがいい。初対面の人ともすぐに仲良くできるし、特に年上の女性に気に入られることが多かった。

たいしたことではない。子供の頃から、転勤と引っ越しを繰り返して身についたスキルだ。感じよく振る舞うことと、礼儀正しくすること。ときどき少し図々しいくらい甘えてみて、でもやりすぎないこと。そんなことで、人の心に入り込むのは簡単だ。

だが、褒められるたびに和司は思う。そんなスキルを身につけずに生きていられたら、どんなによかっただろう、と。

人見知りだ、無愛想だと公言する人から、和司はかすかな傲慢《ごうまん》を嗅ぎ取る。

彼らは、人に好かれなくても生存が脅かされなかった人間だ。和司とは違う。

保育園や小学校、学童保育など、どこでも好かれるか好かれないかはその後の生活に大きく関わる。ある学童保育では、職員があからさまに好きな子と嫌いな子をより分けて態度を変えた。

一年、早いときは半年で引っ越しをする生活をしていたから、人に好かれる方法はすぐに習得した。もし、しくじったとしても一年の我慢だと思えば、少し冒険もできるし、行く先々で違うやり方を試してみることも可能だ。

その結果、友達はたくさんできた。クラスの人気者と呼ばれるときもあった。

和司が転校していくとき、それを悲しんで泣く同級生たちもいた。多くの友達が、かならず手紙を送ると言ったし、夏休みに遊びに行くと約束した子もいた。

だが、手紙は何通かしかこなかったし、夏休みにやってきた子はだれもいなかった。

だから、和司が学んだことはふたつ。ひとに好かれることは簡単で、そして忘れられるのも簡単だということだ。

嘘をつくのにも抵抗はない。すぐばれるような嘘は駄目だ。それは致命的なしくじりになる。しかし、絶対にばれない嘘もある。好きではないものを好きなふりをしたり、うれしくないことをうれしいふりをしたり、いいと思っていないものを褒めたりする嘘だ。

感情の嘘は事実を偽ることとは違って、ばれることはない。真実を知るのは和司ひとりだ。

はじめてその家を訪れたときは珍しく緊張した。

これから会う人が、いい人か嫌な人かはそこまで気にならない。うまくやれなかったときに先輩の顔を潰してしまうことだけが心配だった。

インターフォンを探したが、どこにもない。大きな門を前に和司はしばらく戸惑った。

だが、立ちすくんでいるだけでは約束の時間に遅れてしまう。

思い切って、門を開けて、敷地に足を踏み入れる。

都内とは思えないほどの広い敷地に、古い日本家屋が建っていた。裕福な人なのだということがそれだけでわかる。

飛び石を踏んで、家に近づいた。引き戸に手をかけると、鍵は開いていた。

「ごめんください。岡田です」

大声でそう呼びかけると、奥から「はーい」という声が返ってきた。

出てきたのは品の良さそうな女性だった。顔には皺が刻まれていたが、少し華やかすぎるほどの赤い口紅を引き、灰色の髪はきれいなシニヨンに整えられていた。

年齢を考えると、鮮やかなピンクのカーディガンや花柄のワンピースは少し派手だ。だが、よく似合っていて、少しも違和感がなかった。

後ろから黒い大型犬がとことことついてきた。

彼女は和司を見て微笑んだ。

「岡田くん？　良太《りょうた》くんから聞いているわ。これからお世話になるわね」

バイト先の店長は、いつも和司や他のアルバイトを顎《あご》で使い、「働かせてやっている」という態度を崩さなかった。だから「お世話になる」と言われたことに、少し驚いた。

背中に羽が生えていて、足先が少し宙に浮いているように思えた。彼女はふわりふわりと歩きながら、和司を家の中にいざなった。

羽が生えている、という第一印象はそう間違っていなかった。

須賀《すが》加奈子というその女性には、どこか浮き世離れしたところがあった。

過去にはどうか知らないが、今は夫も子供もおらず、大きな日本家屋に犬と一緒に住んでいる。

犬はロットワイラーという種類の大型犬で、メイと呼ばれていた。たぶん五月生まれなのだろうと推測する。

若くない女性と暮らすには精悍《せいかん》すぎる犬だと思ったが、メイ自身も老犬だった。散歩は好きだが、普段はのんびりと一時間くらい歩けば満足する。たまに、スイッチが入ったように庭を走っていたが、それも短い時間で終わる。

加奈子の仕事は、書道の先生で、家に子供が教わりにきていた。平日の夜は、大人のための教室もやっているという。

メイと散歩に行く以外は、めったに買い物さえ行かない。食料品や日用品は宅配で届けられている。ある意味、隠遁者《いんとんしゃ》のような生活を彼女はしていた。

もともと資産があるからこそ、そうやって生きていけるのだろう。

書道教室がそれほど儲《もう》かる職業とは思えないが、持ち家で家賃を払う必要もなく、外食も旅行もしない加奈子ならば、そんなふうにのんびりと働くだけで充分なのかもしれない。

そう考えると、少し喉の奥が熱くなった。

和司の家は決して裕福ではない。あちこちに転勤させられながらも、父の給料は決して高いものではなかった。母は引っ越した先々でパートを掛け持ちして、いつも愚痴を言っていた。

兄と和司の学費を稼ぐことが大変だ。しかも、父親が転勤するたびにパートを替わらなければならない。同じ職種の仕事が見つからないこともしょっちゅうで、そのたびに母は疲れ切ったような顔をしていた。

しかも、五歳上の兄は大学受験に失敗して浪人し、その上留年もした。いまだに大学生だ。和司も進学をあきらめなければならないかと思ったが、両親は大学に行くように言ってくれた。そのことには感謝している。

だが、あの愚痴と口論ばかりがあふれていた家を懐かしく思うことはない。

大金持ちになりたいとは思わない。だが、加奈子のようにあくせくと働かず、ひとところにじっととどまりつづけることができるなら、母ももう少し自分たちに優しくしてくれたのではないだろうか。

加奈子に叱られたことは一度もない。先輩が「優しい人だから心配するな」と言ったことばに嘘はなかった。

買い物に行ってなにかを買い忘れたときは、急ぎでないものなら次のときでいいと言われたし、どうしてもすぐに必要なもののとき、加奈子はこう言った。

「ごめんなさい。もう一度行ってくれるかしら」と。

庭仕事など、やり方を間違えたときも同じだ。

「ごめんなさい。大変でしょうけど、もう一度お願いしてもいいかしら」

いつもの柔らかい笑顔のままで。

失敗を叱責《しっせき》することもなく、だからといってうやむやにもしない。人が失敗することなんて当たり前で、やり直せばいいと考えているようだった。

加奈子が特に贅沢な生活をしているとは思わない。

冷蔵庫に入っている食材も、野菜と肉が少し、あとは魚の干物などがほとんどだったし、外食もめったにしないと言っていた。

だが、行くたびにごちそうになる昼食は手のかかったものだった。薄味の出汁《だし》で煮た野菜の煮物や高野豆腐など。作りたての味噌汁は、はっとするほどいい匂いがした。

あらかじめ削られていない鰹節《かつおぶし》を見たのも、彼女の家がはじめてだった。加奈子は鰹節を自分で削っていた。

もちろん、それだけでは若い和司には物足りないが、親子丼やカレーなども出たし、ときどきトンカツやコロッケなど揚げ物も作ってくれた。

お金はそれほどかかっていない。だが、贅沢な食事だった。

大学の近くの定食屋とくらべても、手がかかっているのがよくわかるし、なによりもおいしかった。

和司はアパートに、兄の達矢《たつや》と住んでいた。

中学高校の間は、父が単身赴任をして、母が一緒にいたが、和司が大学に上がると同時に、母はまた父の転勤について行くようになった。月に一度くらい片付けにくるが、それだけだ。

もちろん、大学に入れば、もうそれなりに大人だ。母にいつまでも甘えている場合ではないことはわかっている。

だが、兄も和司も自炊らしい自炊はできない。

せいぜいラーメンか、焼きそばを作る程度だ。毎日の食事は腹を満たすためだけの行為だった。

コンビニエンスストアの弁当、カップラーメン、スーパーの安売りの惣菜《そうざい》。そんな食事が続く中、加奈子の作ってくれる日曜日の昼ご飯は、和司の楽しみになっていた。もちろん、栄養にもなっていただろう。

野菜の煮物を「おいしいです」と言うと、次の日から多めに作ってタッパーに入れて持たせてくれるようになった。

「ひとりだといつも作りすぎてしまうのよ。食べてくれるとうれしいわ」

加奈子は本当にうれしそうにそう言った。社交辞令ではなく、本当にそう思ってくれているのだと感じられた。

加奈子がくれるバイト代は、四、五時間で済む仕事にしては過ぎたものだったし、やる仕事も多少の力仕事があるだけで、単純なものばかりだ。食事もおいしい。予定ができたときは、休んだり、別の日に変えてもかまわない。

いいことずくめなのに、なぜか、加奈子と一緒にいると、心のどこかが削られる気がした。

春休みにベトナムに行った。

はじめての海外旅行だった。バックパックにわずかな着替えとガイドブックだけを入れて、往復の格安航空券とパスポートを手に日本を飛び立った。

路線バスを使って移動し、泊まるのはゲストハウスだった。

男女混合のドミトリーの部屋で、蚊《か》に食われながら眠るのは決して快適ではなかったが、不思議な高揚感があった。

自分は自分の力でどこにでも行けるのだと思った。

ぼったくりのバイクタクシーと言い争いをした。バス停を間違えて困っていたとき、ことばも通じないベトナム人がわらわらと集まって、和司を助けようとしてくれた。身振り手振りや会話本を使って、ようやく正しいバス停を教えてもらい、目的のバスに乗れたときは、急に泣きたくなり、ひとりで泣いてしまった。

涙の意味は、自分でもわかるようでわからなかった。

たぶん、不安やひどい緊張の後、優しくされると人は泣いてしまうものなのだ。

ハノイから、フエやホイアンを観光し、最後にホーチミンに辿り着いて、市場で土産物を探した。

両親と兄、そして大学の友達へと買い物をした後、加奈子にもなにかを買おうと思った。

だが、なにを買っていいのかまったくわからない。両親にはベトナムコーヒーにしたが、加奈子がコーヒーを飲んでいるのを見たことがない。台所にはコーヒーメーカーもないし、たぶん飲まないのだろう。

かといって、ベトナム陶器や刺繍《ししゅう》のテーブルウェアなどはセンスのいいものを選ぶ自信がない。加奈子の家は、どこも彼女の好きなものであふれているように見えた。

和室なのに、絨毯《じゅうたん》を敷き、そこに洋風のテーブルや椅子を置いていた。古いぬいぐるみや陶器の人形なども飾られていた。

これまで住んでいた家には余分なものなどなにひとつなかった。引っ越すたびに古いものは捨てる。どうしても必要なものだけを段ボールに詰めて、次の街に行く。そんな生活をしていたから、必要のないものに囲まれている加奈子が不思議だった。

積極的に古いものを捨てようとしない加奈子が、後に残るものをもらうと困るのではないだろうか。そもそもそれほど高いものは買えないし、持って帰れない。琺瑯《ほうろう》のキッチュな食器などは、大学の女の子たちには喜ばれるだろうが、加奈子には似合わない。

悩みながら、市場をうろうろしていると、お茶を売る店を見つけた。

店頭に山積みになっているパックの中に、丸い玉のようなものがあった。茶葉を丸い形にして売っているようだ。

売っているベトナム人が、日本語で話しかけてきた。

「花茶だよ。お土産にどう？」

「花茶？」

ベトナム人は、写真を見せてくれた。ガラスのポットの中で、茶が花のように開いていた。

「お湯を入れるとこんなふうになるよ。きれいだし、おいしいよ。日本で買うと高いよ」

彼の言うことは正しく、帰ってから調べてみると、日本では似たようなものがひとつ三百円とか五百円で売られていた。その店では、パックに十個入ったものが二百円ほどだった。

これなら軽いし、もし口に合わなくても話の種になるだろう。

二週間の旅行の後、帰国して加奈子の家を訪ねた。

「あら、日焼けしたわね」

加奈子は目を細めてそう言った。たしかに顔も腕も足も、消し炭のように真っ黒だ。

その日の加奈子は、仕事を頼むよりも和司の話を聞きたがった。

花茶を渡すと、少女のように目を輝かせた。

「よその国の話を聞くと、胸が躍るわ」

「行ったことないんですか？」

生活に困っているわけではないのだから、たまに休みを取って長い旅行に行くことだってできるだろう。そう思って尋ねたが、彼女は首を横に振った。

「ええ、怖がりなの」

「怖くないですよ。治安が悪いところに行かなければいいんだから」

加奈子が、自分と同じようにゲストハウスをめぐる旅をするなんて考えられないが、快適なホテルならばどこにでもある。

「怖くないものを怖がるから、怖がりなのよ」

加奈子はそう言って笑った。

加奈子の家にはガラスのポットはなかったが、湯飲みの中で花茶はほどけるように咲いた。


兄の達矢が大学に行っていないことを知ったのは、和司が加奈子の家に行くようになって一年ほど経った頃だった。

兄はあまり家にいなかったから、まさか大学をやめているなんて考えもしなかった。夜も遅かったし、朝も十時くらいから家を空けていた。レンタルビデオ店のキャッシャーに立っているとき、顔見知りの兄の友人が声をかけてきたのだ。

「達矢、今、なにしてんの？」

そう言われて、和司はひどく驚いた。

「なにって、家にいますけど」

兄の友人はにやにや笑いながら言った。

「四年生でやめなくてもいいと思うけどねえ。あと、半年も我慢したら卒業じゃないか」

足が震えた。驚きではなく、怒りでだ。

父や母に負担をかけ、学費を出してもらっているのにいったいなにをしているのだ。やめるつもりならば、留年した時点でやめるか、大学など行かなければよかったのだ。

帰宅して、兄を問い詰めた。達矢はうるさそうに言った。

「バイトが忙しいんだよ。金がないんだ」

「大学よりバイトの方が大事なのかよ」

達矢は、少し露悪的な顔をして笑った。

「借金があるんだよ。学校どころじゃない」

息を呑んだ。達矢は、和司に背を向けたまま話しはじめた。

カードローンでの借金が五十万。その返済に困って、消費者金融から借りたのが二十万。合わせて七十万円。

パチンコで作った借金だった。アルバイトもしているようだが、それもパチンコで使ってしまうらしい。

「おやじやおふくろには絶対言うなよ」

達矢はそう言ったときだけ怖い顔をした。あとはずっとへらへらと笑っていた。

言えと言われても言いたくはない。両親に言えば、代わりに返してやろうとするだろう。父も母も達矢を可愛がっていた。達矢には浪人も留年も許したくせに、和司には受験に失敗したら就職するようにと言った。

聞けば、家賃のために振り込まれた金さえ使い込んでいるようだった。二ヶ月分の家賃が滞納になっていた。そのくらいならば、和司が払うことはできる。だが、このままにしておくことはできない。

「パチンコはやめろよ。そんなんじゃいくらバイトしても、追いつかないじゃないか」

「割がいいんだよ。当たったらバイトよりもずっと儲かる」

信じられなかった。本当に儲かるならば今の状況になっているはずはない。

もっとくわしいことを聞こうとしたが、達矢はへらへらと笑ったまま、布団に入ってしまった。

背筋がぞっとした。借金をしていることだけではなく、兄は現状を少しも理解していない。こんなことになるまで気づかなかった自分にも腹が立った。

兄を放っておくのは簡単だ。借金を重ねようが、地獄に堕ちようが、自分には関係ない。

だが、父と母は兄を捨てられないだろう。

それから三ヶ月ほど経った日曜日だった。

レンタルビデオ店の仕事を終え、深夜に家に帰った。兄は寝ているものだと思って玄関の鍵を開け、中に入って驚いた。

兄が玄関に立っていた。和司は乱れた呼吸を整えた。

「驚かすなよ」

「なあ、おまえが手伝いに行ってるうちのババア、金持ちなんだって?」

息を呑んだ。たしか、働きはじめの頃、おもしろおかしく話をした。

「そうでもないよ。家で書道教室やってるだけだから、そんなに儲かってないと思う」

「でも、すごい豪邸じゃないか。資産だけで一億とかじゃねえの」

家まで知っているということに背筋が冷えた。和司の後をつけたのか、それとも他の手段で調べたのか。

「知らないよ」

たとえそうでも、家を売るわけではない。固定資産税がかかるというだけのことだ。

「なあ、留守にする時間とか知ってるんだろう？」

「だいたい家にいるよ。犬の散歩もいつ行くか知らないし、買い物も宅配だ」

そう言ってから付け加える。

「でかい犬がいるよ。俺も少し苦手だ」

それは嘘だ。メイは気のいい優しい犬だ。だが脅しておけば、兄も妙な気は起こさないだろう。

「旅行とか行くんだろう。温泉とか」

「嫌いなんだってさ」

そう言うと達矢は舌打ちをした。これでバカなことを考えないでいてくれるといい。

兄はそれ以上なにも言わなかった。ただ、目がやけにぎらぎらと輝いていて、それが恐ろしかった。

その数日後、加奈子の家で段ボール箱を潰してまとめているときに、加奈子が話しかけてきた。

「岡田くん、こんなのが届いたんだけど、知ってる?」

差し出されたのは、ワープロで打たれた手紙だった。

「ホームセンタータチバナのサマーキャンペーン、一等の温泉旅行が当たりました」

書かれている日程は、その翌週の土曜日だった。

そのホームセンターからは、ミネラルウォーターやペットシーツなどをまとめて配達してもらっている。

その手紙を見ただけで、ぴんときた。兄が送ったのではないだろうか。

本当にキャンペーンならば、日時を指定するのはおかしい。

喉が震えたが、なにも言えなかった。

「さあ、知らないです」

「温泉旅行ねえ……」

加奈子は首をかしげて考えている。

自然に口が動いていた。

「骨休めに行ってきたらどうですか？　メイの散歩とごはんなら面倒見ますよ」

「それは申し訳ないわ。メイは獣医さんのところに預けるわ」

言わなければいけない。そう思うが、なぜかことばにならなかった。

兄であるという証拠はない。本当にキャンペーンが当たったのかもしれないし。

だが、口に出せないいちばん大きな理由は、加奈子を見ていて感じる心のざわめきだった。

自宅に置いてある現金や換金できるようなものを少し盗まれたところで、加奈子が路頭に迷うとは思えなかった。兄が借金に押し潰されそうになっているのは明白だ。

心の中で、誰かが言った。

騙される方が悪いんだ、と。

ベトナムのゲストハウスで、ベトナム人の女の子に誘われて飲みに行き、パスポートや現金をすべて盗まれた日本人男性がいた。みんな同情するようなことを口では言っていたが、冷ややかな空気が流れていたのも事実だ。

愚かなのは自分の責任で、その結果は自分で引き受けるしかないのだ。

和司は加奈子に背を向けた。

兄にはなにも言わなかった。

だが、その温泉旅行の日、レンタルビデオ店のバイトは休むことにした。家の自分の部屋で、布団を敷いて寝ていた。

夕方、帰ってきた兄はぎょっとしたような顔をした。いつも土曜日の夜は、バイトに出ている。

「バイト、行かないのか？」

「ちょっと熱があるんだよ」

そう嘘をついて、布団をかぶる。兄はふうん、と鼻を鳴らしただけだった。

このまま兄がずっと家にいれば、和司は安心していられる。もちろん、兄に仲間がいる可能性だってないわけではないが、やるならば、実行犯に加わらずに家にいるとも思えない。兄は決して参謀タイプではない。

単なる思い過ごしであってほしい。本当にただ温泉旅行が当たっただけだ。もしくは、たとえ空き巣に狙われていたとしても、兄が無関係であればそれでいい。

どちらにせよ、温泉に行っている加奈子が危ない目に遭うことはないのだから。

だが、夜十二時を過ぎた頃、兄の部屋のドアが開いた。そのまま家からも出て行く。

息が詰まった。目を閉じて動揺をやり過ごす。

このまま眠ってしまいたかった。なにも考えず、なににも関知せず、だれの味方もせず、だれの敵にもなりたくない。

心臓の音だけがやけに大きく聞こえた。

大学を卒業してしまえば、加奈子とはもう会うこともないだろう。今だって、特別な感情など持っていない。いい人だと思うがそれだけだった。

なのに、どうしても眠ることができないのだ。

和司は布団から起き上がった。携帯電話をつかんで、番号案内で加奈子の家の近くの交番を教えてもらった。

電話をして話す。須賀さんの家、というと電話に出た警官も知っていた。

ゆっくりと落ち着いて説明する。

「須賀さんの家で手伝いをしている者なんですけれど、先日、温泉旅行が当たったという手紙が届いていたんです。日程は今日で。でも、よく考えたら、懸賞ならば日程を勝手に決めたりしないでしょうし……もしかしたら空き巣に狙われているんじゃないかと思いま

「じゃあ、これから近くまで行ってみます。須賀さんは携帯電話は?」

「持っていません」

めったに家から出ない人だった。携帯電話など必要としていない。

電話を切って、大きく息をついた。

気のせいでもいい。兄がまったく関係なくても、これならば疑ったことはばれない。

安堵したせいか、眠気がようやく押し寄せてくる。

警察から電話がかかってきたのは、その日の早朝だった。

兄とその友達が逮捕されたという連絡だった。加奈子の家の塀をよじ登ろうとしているところを見つかり、逃げる途中警官を殴って逮捕された。

それを聞いたときに、和司はうなだれた。やはり、という気持ちと、兄に裏切られた気持ちが混じり合っていた。

だが、驚いたことがひとつある。

加奈子は家にいた。温泉には行っていなかった。

数日間は加奈子に連絡を取る暇もなかった。

両親があわててやってきて、警察で話を聞いたり、弁護士に相談したりと大騒ぎだった。和司は、泣き出す母をなだめることで精一杯だった。和司も事情聴取された。

やはり両親は、達矢の借金のことをまったく知らなかった。大学をやめたことも知らず、和司までが、黙っていたことを叱られた。とんだとばっちりだ。

自宅に警察がやってきて、兄のパソコンやプリンターを持って帰った。加奈子の家に届いた手紙は、兄のプリンターで印刷されたもので、計画的な犯行であることに間違いはないようだった。

五日ほどして、ようやく和司は加奈子の家を訪れた。

いつものように門を開けて、匂いを嗅ぐ。どこか懐かしい、古い家の匂い。たぶんもう嗅ぐことはない。

「こんにちは。岡田です」

そう声をかけると、加奈子が奥から出てきた。

「あら、今日きてもらえる約束だったかしら」

「そうじゃないです。兄のことをお詫《わ》びにきました」

加奈子はいつものように優しく目を細めた。

「ちょうどよかったわ。お茶を淹《い》れたからあがってちょうだい」

和室に置かれたゴブラン織のソファに腰を下ろす。

加奈子は、ガラスのポットと、ガラスのカップを運んできた。ポットの中には、以前和司がベトナムで買ってきた花茶がほどけて開いていた。

それを見た瞬間、なぜか泣きたくなった。

加奈子が和司に腹を立てているわけではないことがそれだけでわかった。空き巣が和司の兄だということは、もう知っているはずなのに。

和司は声を震わせながら頭を下げた。

「本当に申し訳ありませんでした」

「岡田くんは悪くないわ。警察に知らせてくれたんでしょう」

警察に知らせたことは、結果的に和司の身を守ることになった。兄が警察で和司も仲間だと嘘をついたのだ。

警察の尋問には正直に答えた。

手紙を見たとき、兄のことをちらりと考えたが、疑いたくない気持ちの方が大きくて打ち消してしまった。だが、兄が出ていった後、やはり不安になって警察に電話をかけたと。

言わなかったのは、心のざわめきのことだけだ。だが、その心のざわめきは加奈子には知られているような気がした。

感情の嘘は絶対ばれないと思っていた。だが、その確信ももう持てない。

小さなガラスのカップに花茶が注がれた。加奈子は微笑んだ。

「これ、新しく買ったのよ。岡田くんのくれた花茶はこの方が楽しめるから」

唇を噛みしめた。泣かないようにするので精一杯だった。

「大丈夫よ。実際になにかが盗《と》られたわけでもないし、だれかが怪我をしたわけでもないから」

ふいに気づいた。いつも加奈子の後をついてきているメイがいない。

「メイはどうしたんですか」

加奈子は寂しげに笑った。

「弟の家に行ったの。わたしひとりでは、面倒を見るのが難しくなったから、弟に相談したの」

「そうですか……」

加奈子はガラスのカップを口に運んだ。

「あらためてお話ししようと思っていたけど、ちょうどよかったわ。これまで本当にありがとう。お世話になりました」

当然だ。空き巣をするような人間の身内に、家の手伝いは頼めない。

「こちらこそ、お世話になりました」

「誤解しないでね。お兄さんがあんなことをしたからじゃないの。この家を売ることにしたのよ」

驚いて顔を上げる。

「わたしね、入院するの。もしかしたらもう戻ってこれないかもしれないから、それまでに身辺の整理をしたいの。この家は好きだけど、家だけ残されてもまわりの人が困るでしょう。弟も相続税が大変だから、売って現金に換えてもらう方がありがたいと言っていたの」

家を売ることは和司には関係ない。だが、入院とは。

「どこか、お悪いんですか？」

「五年前に胃癌になったの。そのときに手術をして、その後は落ち着いていたのだけれど、どうやら再発したみたい」

息を呑んだ。どう答えていいのかわからず、加奈子を凝視する。

「転移も見られるらしいの。手術をするかしないか、ずっと悩んでいた。別に子供もいないし、静かにこの家でやりたいことをしながら、死んでいくのもいいかと思っていたんだけど、ともかく病気と闘ってみることにしたわ」

だから加奈子は温泉旅行に行かなかったのだろうか。お手軽な慰めのことばはいくらでも思いついた。だが、それを口に出したくはなかった。

加奈子はいたずらっぽく笑った。

「ある意味、休暇とか旅行みたいじゃない。家から離れて遠くに行くのが旅ならば、入院だって一緒でしょう。楽しくて優雅なだけが旅じゃないって岡田くんが教えてくれた」

そう。硬い寝台車に揺られたり、騙されたり、虫に食われたりする旅もある。心を激しく揺さぶられ、無理矢理に遠くに運ばれていくような旅だ。

自然に涙が出ていた。加奈子は困ったような顔になった。

「ごめんなさい。悲しい気持ちにさせてしまうつもりはなかったんだけれど」

「だったら、帰ってきてください。元気になって」

加奈子はくすりと笑った。

「そうね。頑張るわ」

通りかかった店で青いスーツケースを買ったのは、その美しい色が、加奈子の好みだと思ったからだ。

それを持って、再び加奈子の家を訪ねた。

加奈子の家のものはほとんど片付けられていた。この先は賃貸のマンションに必要なものだけを置き、入退院を繰り返しながら闘病するのだと言っていた。

スーツケースを見せると、加奈子の目が丸くなった。

「入院するときに、いろいろ運ばなければならないでしょうから、これを使ってください。そして、元気になったらこれを持って、いろんなところに行ってください」

押しつけであることはわかっている。加奈子は受け取ったスーツケースをそっと撫でる。

「ありがとう。大事にするわ」

高級品ではない。だが、作りもしっかりしているし丈夫そうだ。

中のポケットに、小さなメッセージを忍ばせた。彼女が気づくかどうかはわからないが、気づいたとき、少しだけ笑ってくれればいい。

「いつか、これにたくさんお土産を詰めて、持って帰りたいわね」

加奈子のことばに頷く。そうあってほしいと祈りながら。


手荷物が流れてくるターンテーブルの前には、すでに人だかりがしていた。

腕に抱いた慎吾《しんご》はすうすうと寝息を立てていた。飛行機の中で寝てくれればよかったのに、と和司は苦笑した。

仕方がない。子供が思い通りにならないのはいつものことだ。

亜季《あき》が、手荷物をのせるカートを持ってくる。ターンテーブルに近づこうとするから、「たぶん、まだすぐは出てこないよ」と言って止めた。

「そうなの？」

「最初はビジネスクラスの分からだ」

和司たち家族が乗ったのはエコノミークラスだから、荷物が出てくるのは少し後になる。

カートにもたれながら、亜季が言った。

「ねえ、スーツケース、宅配で送りたい」

グアムからはたった三時間半だが、慎吾が寝てくれなかったせいで疲れているのだろう。

「いいよ。じゃあ送ろう」

「やったあ」

亜季は両手をあげて万歳をした。

年末の三泊四日の短い冬休み。慎吾が生まれてから行く、はじめての海外旅行だった。二歳までは膝にのせていけば航空券は必要ない。三歳になる前に一度行こうと亜季と相談して決めた。

もちろん、小さな子を連れて行く旅は、ひとりや夫婦ふたりで行く旅とは全然違ったけれど、それでもいい思い出になる。慎吾は覚えていてはくれないだろうが。

ターンテーブルの荷物が増えはじめる。亜季は、荷物の出口を凝視している。

ふいに、向こうから歩いてくる女性に目が留まった。

四十代か、もしくは五十代になったくらい。眼鏡をかけ、真っ黒でシンプルな服を着ている。

彼女が引いて歩いているのは、青い革のスーツケースだ。

加奈子のことを思い出す。あれから会っていないし、彼女がどうなったのかも知らない。もう七年ほど経つだろうか。

自分が買ったスーツケースに似ていると思った。あちこち傷だらけで、航空会社のステッカーもたくさん貼られているから、まったく印象は違うけれど。

税関申告の方に歩いて行く、その女性を和司は黙って見送った。

まったく知らない人で、たぶんもう一度会ってもわからないだろう。

それでも和司は考えた。

そのスーツケースは、お土産でいっぱいだろうか、と。

解説　たのもしき旅の相棒

作家　大崎《おおさき》　梢《こずえ》

公園やデパートの屋上などで開かれるフリーマーケット、略してフリマには、雑多な品が所狭しと並べられる。新品ではなく使用済みの衣類や靴、子どものおもちゃ、CD、引き出物らしき食器、鍋。どれもほぼ一点物で、色ちがいやサイズちがいは置いていない。何に遭遇するかは運次第。行ってみないとわからない。

本作では第一話の主人公がフリマにて、青いスーツケースを見つける。収録されている九本の短編は、語り部となる主人公がすべて異なるが、青いスーツケースはどの話にも登場する。陰の主役といって過言はないだろう。数千円で購入された後、世界中を旅をして、しまいには出自まで明らかにする。ゆめゆめおろそかにはできない。

その第一話目、主人公である真美《まみ》は、長いことニューヨークに憧れている。けれど海外旅行は未体験。パスポートも持っていない。あるとき意を決して夫を誘うも、定年後でいいじゃないかと言われてしまう。二十九歳の彼女にとって、定年後は三十年も先の話なのに。

遠くに行かずとも、楽しめることは身近にいろいろある。不慣れな場所はトラブルに見舞われるリスクも高い。語学堪能でなければ言葉も通じない。時間も費用もかける価値がいったいどれほどあるのか。行かない理由など探そうと思えばいくらでも探せる。

じっさい真美の夫は旅行以外の楽しみで十分。先送りでかまわない。けれど真美は諦《あきら》めきれず、胸の奥で不満をくすぶらせる。そんなとき、出会ったのが青いスーツケースであり、迷う背中を押してくれる。小粋《こいき》なメッセージと共に。

この短編集ではバトンタッチされていくスーツケースの他にもうひとつ、だいじな要素が描かれている。自分自身が自分の気持ちを大切にするということ。

二話目の主人公である花恵《はなえ》はアジア旅行を楽しみにしている。高級ホテルのもてなしに身も心もくつろぐが、日頃の自分を思うと分不相応で後ろめたい。気にするくらいならやめればいいのに、ではない。なぜその贅沢《ぜいたく》を求めるのか。値段と引き換えに得るものはなんなのか。彼女が気付いたとき、明るい笑顔が見えるような気がした。

反対に第三話の主人公ゆり香《か》は、Ｔシャツにチノパン、日焼け止めのみの素顔で現地の交通機関に乗り、安宿に泊まるような旅が大好き。定職に就《つ》かず自由気ままに生きているが、三十歳を目前にして、「アリとキリギリス」のキリギリスを自分に重ね、将来への不安にかられる。

そんな折、恋人に誘われたアブダビ旅行。いつものデイバッグはやめて青いスーツケースを借りて出かける。恋人の選んだ高級ホテルに泊まり、ホテル内のレストランで食事をする。観光地へはタクシーの送迎つき。何もかも恋人のプランに合わせているのに、いつしか不興を買い、子どもじみた嫌がらせに遭《あ》う。途方に暮れるゆり香を救うのは、今まで培《つちか》った旅のスキルだ。

アブダビで何をしたかったのか。旅先の楽しみはなんだったのか。考え、行動に移す彼女はとても軽やかでたくましい。

旅行だけでなく、後半は海外に滞在している女性も登場する。パリが好きでパリで暮らす栞《しおり》。両思いかというと実はそうでもない。働かないでいられるほど裕福ではないのに、パリで仕事をするのは難しい。じわじわと貯金が減っていく。彼女のモノローグには苛立《いらだ》ちが散見するが、ある日のこと、青いスーツケースに関わった帰り道に、日本人の女子大生と知り合う。バイトのお金を貯め、卒業旅行として憧れのパリにやってきたのだ。

栞はとびきり美しい街を見せたくて案内してまわる。この出会いが栞の心に変化をもたらす。パリへの片思いが、少しでも両思いに近づくように、新たな一歩を踏み出す彼女を応援したくなる。

六話目は、留学したい娘を持つ母親の視点で描かれる。どう考えてもスーツケースが本来の役目を果たすのは娘の方だが、残される側の気持ちにも寄り添う。なんて有能な。つまるところ母親の最大の願いは娘の幸せなのだ。幸せには「無事」も含まれる。

そして見守り役を託されるスーツケース、相棒役としてもうってつけだ。旅行であっても現地滞在していても、異国の空の下、心細くなる日もあるだろう。送り出してくれた人に会いたくなる日もあるだろう。

そんなとき、部屋の片隅にデンと控える四角いボディ。見るからに頑丈そう。ひどく無口だけれど話はいくらでも聞いてくれる。秘密は守る。いざとなれば荷物を全部飲み込んで、手に手を取って飛び出すこともできる。荷造りした日のことを思い出させてくれる。何よりの励ましになるだろう。

八話目から最終話にかけてはスーツケースの生みの親や、最初の持ち主へと話がつながっていく。「人に歴史あり」だが、物にも歴史がある。そして深い余韻《よいん》を残すラストシーン。旅は終わらない。続いていく。誰にとっても。たとえ飛行機や船に乗らずとも。

四話目にこんな言葉がある。

たとえぼろぼろになったとしても、スーツケースはパーティバッグよりもいろんな風景を見ることができるだろうと。

どんな風景だろう。思いをはせるだけでも自分の世界は広がる。人の生き方は無限にあるのだと視野が広がる。広げた方がらくだよと笑いかけてくれる。旅と人生と読書はどこか似ている。

作者の近藤史恵《こんどうふみえ》さんは1993年、東京創元社から『凍える島』でデビュー。『サクリファイス』で第十回大藪春彦賞を受賞。近刊である『インフルエンス』は殺人事件がからむサスペンスフルな問題作だ。人の心の暗部を鋭敏な描写力で表し、重苦しい事件や複雑な背景を、物語に織り込んできっちり書き上げる。その手腕は常に高い評価を得ている。

趣味も多彩な方で、料理や写真、歌舞伎、宝塚をこよなく愛し、黒いトイプードルを飼ってらっしゃる。趣味は創作にも生かされ、「ビストロ・パ・マル」シリーズや梨園の名探偵、今泉文吾《いまいずみぶんご》シリーズなど、多くの支持を受ける一方、『三つの名を持つ犬』や『シャルロットの憂鬱』と、犬の活躍が光る名著もある。

旅にもよく出かけられる。ＳＮＳにはアムステルダムやベルリン、パリ、ハルビンなど、旅先の写真が掲載される。食べ物の写真はほんとうに美味《おい》しそう。気ままに呟《つぶや》かれるエピソードは楽しい。グレードアップされたホテルの室内にうっとり。

いつだったかお気に入りの町をうかがうと、すぐにいくつかあげられた。私にとっては馴染《なじ》みの薄い地名だったが、その中のひとつ、エストニアのタリンに、実はもうすぐ行ってくる。私の旅は添乗員と一緒にまわるパッケージツアーなので、タリンにいられるのは一日だけ。自由行動はほんのわずかだろう。

それでも今から楽しみだ。地名を聞いてもわからず、地図を見てバルト三国のひとつだと知って、いつか行けたらいいなと思ったところに行けるのだから。

空港の荷物受取所では、ターンテーブルにただならぬときめきを覚えてしまいそう。そんな人にはきっと、本書からこの言葉がおくられる。

よい旅を。そして、よい人生を。よい読書を。

（この作品『スーツケースの半分は』は平成二十七年十月、小社より四六判で刊行されたものです）

一〇〇字書評

スーツケースの半分は

切り取り線

購買動機（新聞、雑誌名を記入するか、あるいは○をつけてください）

□（　　　　　　　　　　　）の広告を見て	
□（　　　　　　　　　　　）の書評を見て	
□ 知人のすすめで	□ タイトルに惹かれて
□ カバーが良かったから	□ 内容が面白そうだから
□ 好きな作家だから	□ 好きな分野の本だから

・最近、最も感銘を受けた作品名をお書き下さい

・あなたのお好きな作家名をお書き下さい

・その他、ご要望がありましたらお書き下さい

住所	〒				
氏名		職業		年齢	
Eメール	※携帯には配信できません	新刊情報等のメール配信を　希望する・しない			

この本の感想を、編集部までお寄せいただけたらありがたく存じます。今後の企画の参考にさせていただきます。Eメールでも結構です。

いただいた「一〇〇字書評」は、新聞・雑誌等に紹介させていただくことがあります。その場合はお礼として特製図書カードを差し上げます。

前ページの原稿用紙に書評をお書きの上、切り取り、左記までお送り下さい。宛先の住所は不要です。

なお、ご記入いただいたお名前、ご住所等は、書評紹介の事前了解、謝礼のお届けのためだけに利用し、そのほかの目的のために利用することはありません。

〒一〇一―八七〇一
祥伝社文庫編集長　清水寿明
電話　〇三（三二六五）二〇八〇

祥伝社ホームページの「ブックレビュー」からも、書き込めます。
www.shodensha.co.jp/bookreview

祥伝社文庫

スーツケースの半分《はんぶん》は

平成30年 5月20日 初版第1刷発行
令和6年 3月10日 第20刷発行

著者 近藤史恵《こんどうふみえ》
発行者 辻 浩明
発行所 祥伝社《しょうでんしゃ》
東京都千代田区神田神保町3-3
〒101-8701
電話 03（3265）2081（販売部）
電話 03（3265）2080（編集部）
電話 03（3265）3622（業務部）
www.shodensha.co.jp

印刷所 堀内印刷
製本所 ナショナル製本
カバーフォーマットデザイン 芥 陽子

本書の無断複写は著作権法上での例外を除き禁じられています。また、代行業者など購入者以外の第三者による電子データ化及び電子書籍化は、たとえ個人や家庭内での利用でも著作権法違反です。
造本には十分注意しておりますが、万一、落丁・乱丁などの不良品がありましたら、「業務部」あてにお送り下さい。送料小社負担にてお取り替えいたします。ただし、古書店で購入されたものについてはお取り替え出来ません。

Printed in Japan ©2018, Fumie Kondo ISBN978-4-396-34417-7 C0193

祥伝社文庫の好評既刊

近藤史恵　**カナリヤは眠れない**

整体師が感じた新妻の底知れぬ暗い影の正体とは？　蔓延する現代病理をミステリアスに描く傑作、誕生！

近藤史恵　**茨姫《いばらひめ》はたたかう**

ストーカーの影に怯《おび》える梨花子《りかこ》。整体師合田力《ごうだりき》との出会いをきっかけに、初めて自分の意志で立ち上がる！

近藤史恵　**Shelter**〈シェルター〉

心のシェルターを求めて出逢った恵といずみ。愛し合い傷つけ合う若者の心に染みいる異色のミステリー。

飛鳥井千砂　**君は素知《そし》らぬ顔で**

気分屋の彼に言い返せない由紀江《ゆきえ》。彼の態度は徐々にエスカレートし……。心のささくれを描く傑作六編。

五十嵐貴久　**For You**

叔母が遺《のこ》した日記帳から浮かび上がる三〇年前の真実――彼女が生涯を懸《か》けた恋とは？

伊坂幸太郎　**陽気なギャングが地球を回す**

史上最強の天才強盗四人組大奮戦！　映画化され話題を呼んだロマンチック・エンターテインメント。

祥伝社文庫の好評既刊

伊坂幸太郎
陽気なギャングの日常と襲撃
華麗な銀行襲撃の裏に、なぜか「社長令嬢誘拐」が連鎖――天才強盗四人組が巻き込まれた四つの奇妙な事件。

石持浅海
Rのつく月には気をつけよう
大学時代の仲間が集まる飲み会は、今夜も酒と肴《さかな》と恋の話で大盛り上がり。今回のゲストは……!?

石持浅海
彼女が追ってくる
かつての親友を殺した夏子《なつこ》。証拠隠滅は完璧。だが碓《うす》氷《い》優《ゆ》佳《か》は、死者が残したメッセージを見逃さなかった。

恩田　陸
象と耳鳴り
上品な婦人が唐突に語り始めた、象による殺人事件。彼女が少女時代に英国で遭遇したという奇怪な話の真相は？

恩田　陸
訪問者
顔のない男、映画の謎、昔語りの秘密――。一風変わった人物が集まった嵐の山荘に死の影が忍び寄る……。

佐藤青南
ジャッジメント
容疑者はかつて共に甲子園を目指した球友だった。新人弁護士・中垣《なかがき》は、彼の無罪を勝ち取れるのか？

祥伝社文庫の好評既刊

柴田よしき　竜の涙　ばんざい屋の夜

恋や仕事で傷ついたり、独りぼっちになったり。そんな女性たちの心にそっと染みる「ばんざい屋」の料理帖。

小路幸也　さくらの丘で

今年もあの桜は美しく咲いていますか——遺言により孫娘に引き継がれた西洋館。亡き祖母が託した思いとは？

平　安寿子　こっちへお入り

三十三歳、ちょっと荒んだ独身ＯＬ江《え》利《り》は素人落語にハマってしまう。遅れてやってきた青春の落語成長物語。

中田永一　百瀬、こっちを向いて。

「こんなに苦しい気持ちは、知らなければよかった……！」恋愛の持つ切なさすべてが込められた小説集。

中田永一　吉祥寺の朝日奈くん

彼女の名前は、上から読んでも下から読んでも、山田《ヤマダ》真野《マヤ》……。愛の永続性を祈る心情の瑞々しさが胸を打つ感動作。

新津きよみ　愛されてもひとり

田舎暮らしの中井絹子。夫が脳梗塞で急逝。嫁との相性が悪い絹子は自活を決意するが……。長編サスペンス。

祥伝社文庫の好評既刊

乃南アサ　来なけりゃいいのに

ＯＬ、保育士、美容師……働く女たちには危険がいっぱい。彼女たちの哀歌を描くサイコ・サスペンスの傑作！

林　真理子　男と女のキビ団子《だんご》

中年男と過去に不倫中、秘密の時間を過ごしたホテル。そのフロントマンに、披露宴の打ち合わせで再会し……。

原　宏一　佳代《かよ》のキッチン

もつれた謎と、人々の心を解くヒントは料理にアリ？「移動調理屋」で両親を捜す佳代の美味しいロードノベル。

原田マハ　でーれーガールズ

漫画好きで内気な鮎子《あゆこ》、美人で勝気な武美《たけみ》。三〇年ぶりに再会した二人の、でーれー（ものすごく）熱い友情物語。

東野圭吾　ウインクで乾杯

パーティ・コンパニオンがホテルの客室で服毒死！　現場は完全な密室。見えざる魔の手の連続殺人。

三浦しをん　木暮荘《こぐれそう》物語

小田急線・世田谷代田《せたがやだいた》駅から徒歩五分、築ウン十年。ぼろアパートを舞台に贈る、愛とつながりの物語。

祥伝社文庫の好評既刊

三崎亜記

刻まれない明日

十年前、理由もなく、たくさんの人々が消え去った街。残された人々の悲しみと新たな希望を描く感動長編。

森谷明子

矢上《やがみ》教授の午後

オンボロ校舎は謎だらけ!? 続発したささいな事件と殺人の関係は？ 異色の老学者探偵、奮戦す！

椰月美智子

純愛モラトリアム

はずかしくて切ない……でも楽しい。イタい恋は大人への第一歩。不器用な恋愛初心者たちを描く心温まる物語。

柚月裕子

パレートの誤算

ベテランケースワーカーの山川《やまかわ》が殺された。被害者の素顔と不正受給の疑惑に、新人職員・牧野聡美《まきのさとみ》が迫る！

有栖川有栖ほか《ほか》

不透明な殺人

有栖川有栖・鯨統一郎・姉小路祐《あねこうじゆう》・吉田直樹《よしだなおき》・若竹七海《わかたけななみ》・永井《ながい》するみ・柄刀一・近藤史恵《こんどうふみえ》・麻耶雄嵩《まやゆたか》・法月綸太郎

有栖川有栖ほか《ほか》

まほろ市の殺人

どこかおかしな街「まほろ市」を舞台に、有栖川有栖、我孫子武丸《あびこたけまる》、倉知淳《くらちじゅん》、麻耶雄嵩《まやゆたか》の四人が描く、驚愕の謎！